◆◆ 中国文学名家散文精选丛书

掌上画鸟

迟占勇 著

江西高校出版社
JIANGXI UNIVERSITIES AND COLLEGES PRESS

南　昌

图书在版编目（CIP）数据

掌上画鸟 / 迟占勇著 . -- 南昌：江西高校出版社，
2025.6. --（中国文学名家散文精选丛书）. -- ISBN
978-7-5762-5627-7

Ⅰ . I267

中国国家版本馆 CIP 数据核字第 2024FU3997 号

责 任 编 辑　袁娟霞
装 帧 设 计　夏梓郡

出 版 发 行　江西高校出版社
社　　　址　江西省南昌市新建区工业二路 508 号
邮 政 编 码　330100
总 编 室 电 话　0791-88504319
销 售 电 话　0791-88505090
网　　　址　www.juacp.com
印　　　刷　鸿鹄（唐山）印务有限公司
经　　　销　全国新华书店
开　　　本　650 mm×920 mm　1/16
印　　　张　13
字　　　数　160 千字
版　　　次　2025 年 6 月第 1 版
印　　　次　2025 年 6 月第 1 次印刷
书　　　号　ISBN 978-7-5762-5627-7
定　　　价　58.00 元

赣版权登字 -07-2024-1011

于无声处
风送清香

-----给占勇的一封信（代序）

占勇：

必须要给你写封信了，不写不快。因为，总是不由自主地联想起原野中那些最自然的景色，在用心聆听你用文字诉说的时候，脑海中不经意间就回味起你的文章内容。

还记得吗？在罕中上学，春天抑或秋季，我们一起背书时，在八里罕南山和北梁上留下的那些身影和脚步。书的内容记不清了，大致就是汉唐宋明的年代事件，或是世界与中国的地形气候之类吧。然而当时微风吹来泥土的幽香、青草的气息，令人神清气爽的感觉是断断不会忘的，归来的路上，随意地聊些什么，有激扬，有梦想，有鼓励，偶尔也有感伤，归来的路上，也是注定会哼唱《垄上行》等校园歌曲的，心情愉快而恬静。那是在青春时的高中阶段，最为惬意和美好的时光之一，想起来，已经是25年前的事了吧。

记得我们同在呼和浩特上大学时，我去内大找你玩，你说起在旧书市场，觅到一本《汤姆大叔的小屋》时，语气兴奋、眼睛发亮，那时我已经深切感受到你对文学的喜爱，是绝对发自心底的。上大学时选择了中文系，毕业后选择了编辑工作，这么多年来你一直从事文字工作，坚守着最初的喜爱和信念。做自己喜爱的事，该是人生的一份幸运、一大幸事、一种幸福。

学生期间曾有几次书信往来，传递音讯，后来就渐渐地仅是偶尔有个电话了。时光的流逝、生活的磨砺、无数次的风风雨雨，伴随着我们到了不惑之年。心，有过悸动，有过浮躁，有过沉静，起起伏伏中走在弯弯曲曲的路上，脚步亦显沉稳，鬓亦染微霜。尽管在两个城市，见面不多，从事的工作也不一样，但不论多长时间不见面，我们也不会感到生疏，相见时聊起来还是那么亲切、自然。有时我会想，这是什么原因呢？是时间的流水对我们年轻时的情感侵蚀最小，还是我们对生活的理解和感悟相近？总也想不太清楚。

当多年后再次品读着你已经变成了铅字的文章，心如水般地静下来。这是一种自然、真实而又恒久的感觉，就像走在山间的小径上，闻着树木和山花的芳香，听着小鸟的鸣和，那般的宁静和悠远，一种久违了的本真之感涌到内心深处。25年前的那些景象浮现眼前，如清风吹来，带着清香。

读你的散文，像在山村的小路上，在微风细雨中，与你漫步时听你的娓娓诉说，就像品你平和的心境和自然生活的历程，温馨而清爽。一篇篇作品色淡雅，像初春新绿；味绵长，似老酒醇香；音清纯，如溪水潺潺。字里行间蕴含的情意却似深秋山林和原野的色彩一般厚重，我喜欢这样的格调。也许是多年心交的老友会感受得更深吧，我如置身于其中一样，每次合上书页，都会感到有一种熟悉的东西装入心中，沉甸甸的。我想那应该就是率真，就是充实吧。

天生木讷吗（《苦于应酬》中自言）？我不觉得，不善言谈，倒是真的，我与你极似。但你用笔谈出的经历和感悟，又是何其自然，何其流畅，不是聪慧之人如何能做到？心境又是那样的充实和坚守。飞雪、热炕、小菜、老酒（《喝酒》中画面），我倒是想在那里面微醺，与你畅谈，达到喝酒的最佳境界，此境界我深以为然。旗帜般立在心中的那高高看台（《高高的看台》镜头），上面矗立的是淳朴孝顺的美德，震撼的感觉直达心底，唯愿世代相传。

文如其人，由你文字的注解，我领略到这个道理是至实至真。率真又简约，温情而厚重，你的文章，你的为人，就是这样。分享你的感受的同时，带给我的是心灵的超脱、宁静和充实。就像观大自然中的山山水水，就像听星空中传来的丝般天籁，就像嗅风中送来的缕缕清香。踏实地与文共舞，走在自己喜欢的路上吧，带上我一如既往的诚挚祝福。

好久没有真正写过信了，写信还与专业编辑探讨文章之事，似是有班门弄斧之嫌，好在是老友内心真实的感受，倒也不怕贻笑你这大方之家。

顺祝安顺康健！

朱德庆

目 录
CONTENTS

第一辑

轻拨心弦

停水的日子

　　无法想象没水的日子，可偏偏就有了旷日持久的停水岁月，还是在炎热的七月！水污染，因为水污染。人们听后心惊肉跳，可也无可奈何，只有在烦闷中等待。

　　没几天就得到消息，政府要送水上门了。于是，停水的几个小区就出现了排长队领水的壮观景象。人们把家里能用的容器都拎了出来，人们等待着、谈论着，大家好像才发现，原来这小区有这么多人不认识，等水的日子，大家就熟了起来，还似乎有了一种同心协力的意思，有了一家人的感觉。送水用的是消防车，几辆消防车轮流为几个小区送水。那些日子，一听到消防车的呼叫，我们就兴奋不已，水来了！

　　可等水的日子，毕竟是痛苦的日子，烈日当头，心情烦闷，不知这样的日子何时是个头。

　　有一天，人们正在苦苦地等水，忽然就听到阵阵悠扬的音乐在小区上空弥漫，人们循声望去，就在小区中心的小广场上，有几个人在悠闲地进行着一场演奏。

　　渐渐地，人们慢慢地聚拢过来，加入到这场音乐会中来，他们轻轻地放下手中的水桶，怕弄出一点儿动静，一些孩子也停止了打闹，静静地坐在演奏者的周围，扬起汗津津的小脸儿，有大人轻轻地拉了拉孩子，叫他靠后些，别碰了乐器。那演奏者微微地笑笑：没事儿。

演奏者是两个人，一个姑娘，看不好年龄，一袭黑色缎面旗袍，包裹在姑娘微微有些胖的身体上，看装束是一个十七八岁的小姑娘，可看看面容，又是那么的稚嫩，像是个不满十一二岁的孩子。另一位是一位六十多岁的男人，一身白色宽松的绸料衣裤，身材适中、神色安详。他们的身边有三个十几岁的小姑娘，静静地站在一旁，如三朵睡莲。

据说老者是退休的音乐教师，办了一个音乐学习班，姑娘是老师？学生，不得而知，三个小姑娘应是学生了。

姑娘弹的是古筝，老者拉的是二胡。托、劈、挑、抹、剔、勾，姑娘弹得行云流水、仪态优雅，《高山流水》《春江花月夜》《渔舟唱晚》《采蘑菇的小姑娘》《红星照我去战斗》……一曲又一曲，赢得人们阵阵的掌声。老者前合后仰、轻拉慢摇，把个二胡拉得如醉如痴，配合着弟子的演奏，脸上满是对弟子的得意表情。

等水的人们听得入了神，连那些放在一边的水桶，也似乎听得入了迷，静静地一动不动。等水的烦恼随着音乐早已抛到九霄云外。

此后的日子，人们便天天在等水的时候来赴这场音乐的约会，人们似乎忘了没水的烦恼，而是专为这场音乐会而来，他们陶醉在音乐里，夏日的阳光似乎也不再那么强烈，风也似乎凉爽了许多……

在音乐的轻抚中，不知不觉，供水已恢复正常了，不知为什么，那音乐会也忽然如夏日的清风，消失得无影无踪，人们有些失望，小小的。他们忘不了停水的日子，更忘不了那飘荡在小区的音乐。

坚持健康

当去年冬天医生告诉我，说我得了脂肪肝并且很严肃地说必须忌酒尤其需要多多锻炼时，我才意识到大兵压境，敌人逼上来了，我到了必须锻炼身体的时候了。

于是，我找出了十年前为了早晨跑步而买的始终没有穿的跑鞋，早晨跑步，上班步行。

这样过了一阵儿，我有些懈怠了，可当我听说广健兄常年坚持锻炼身体从而把讨厌的脂肪肝赶得无影无踪时，我便咬紧牙关坚持了下来。英勇的红军坚持走完了二万五千里长征，从而打下了赢得天下的基础，中国人民坚持抗战八年终于打败了日寇，我就靠坚持锻炼身体，来赢得一个健康的身体吧！"坚持就是胜利""把革命进行到底"，我一定要把健康坚持到底。

也是去年冬天，单位组织大家做操，还专门让办公室的小江和小李去外面学习，回来教我们，开始人就不多，也就是几个人吧，但毕竟还算有个小方队，有那么点小气势。可没过多久，就老太太过年一年不如一年了，后来只有我与广健等四五个人在坚持，再后来这几个人也都找着各种理由不愿意去做了。于是，每天到了做操的时候，我与广健就如同地主催着雇工下地干活般，连拉带拽地鼓动着其余几个人去做操，有的时候因为工作忙，其他几个人实在也不愿下楼了，我就与广健兄两个人毅然下楼坚持到底。冷冷的风中，两个大男人在别人异样的眼神中认真地弯腰踢腿下蹲跳高，似乎很滑稽，但我们毫不在乎，因为我们在坚持健康，我们在坚持着一种永不妥协永不放弃的精神，我们为自己感到自豪。

前几天，我们几个人正在做操时，单位的老总看到了，他说："怎么就你们几个人？"那天下午，单位的通知栏里贴出一张通知：自下周起，所有职工都要去做操。

我想起前不久在一次全体职工大会上老总号召大家加强体育锻炼时说的话，他说一个人的身体是最大的本钱，它是一个"1"，而事业、金钱等都是"0"，只有"1"保住了，那么后面的"0"越多越好，否则，"0"再多也是白扯。其实道理大家都懂，但又有多少人去坚持呢？我希望我们这个做操的队伍越来越壮大，希望那些在积极积攒"0"的同事们能每天抽出十分钟的时间来，重视重视你们的这个"1"。

卖瓜的人

在我们住宅小区的北墙外，有一个游贩们自行组成的马路市场，虽然吵了些，但下班回来，顺便在这里买些瓜果蔬菜，也很方便。站在家里的阳台上，便能看见这个马路市场。严寒酷暑、风里雨里，面容黝黑的小贩们站在各自的摊儿前扯着嗓子兜售着自己的生意，还要防备着管理部门的突查，很不容易。

天越来越热了，摊儿上出现了大量的瓜果。我与妻子买过几次西瓜和甜瓜，结果都不怎么甜，根本不像卖主所吹嘘的那样，"王婆卖瓜自卖自夸"。可真是不假，唉，现在卖什么东西不是大大地自卖自夸呢？

前几天，我们发现马路市场上多了一个卖甜瓜的摊位，卖瓜的是一对看起来有些文质彬彬的年轻夫妇，看样子他们做买卖不久，不会吆喝，甚至还有点儿害羞的样子。"大姐，买点儿甜瓜吧，"见我和妻子在他们的摊儿前驻足，那女的便小声说，"自家地里刚摘的，个个甜。"我和妻子将信将疑地买了几个，回家一吃，果然不错。接下来我们又在他们的摊儿上买了几次甜瓜，还真是个个香甜，所言不虚。有一次，我们又欲买他们的甜瓜时，那女的对我妻子悄悄地说："大姐，今天的瓜我不能卖给你。"妻子说："为什么？"那女的说："今天的瓜不太甜，我不能糊弄你。"他们的真诚让我和妻子都很感动，闲聊中得知，这对年轻的夫妻家在离市区很远的农村，家里很困难，年迈的母亲常年卧床不起，六岁的儿子有老爹照看，趁着农闲，夫妻俩来到城里做点儿买卖，补贴家用。

我与妻子成了他们瓜摊儿上的常客，每次经过，都想买点儿甜瓜，不这样，似乎就愧对这对夫妇似的。有一次，我们看见有一个五六岁样子的男孩儿在他们的摊儿前玩耍，一问，原来是他们的儿子，小家伙挺可爱的，长得像他爸爸一样，眉清目秀。见我们打量他，孩子显得有些害羞，悄悄地躲到他妈妈的身后去。天太热了，孩子满脸是汗，他小心地拽了拽妈妈的衣衫说："妈，我渴。"我们看见他的妈妈在瓜摊儿的一旁挑了一个被顾客挑剩下的带伤的甜瓜递给了儿子，孩子高兴地接了过来，用手随便擦了擦瓜皮上的泥，便坐在瓜摊儿边一块小小的阴凉处吃了起来。看到孩子香甜地吃着甜瓜的样子，我不知为何，心里有些酸楚。妻子对孩子说："我带你到我家玩儿去吧，你小哥哥有许多书给你看，也有好多好东西给你吃呢。"那孩子摇了摇头只顾吃他的瓜。母亲不好意思地笑着说："农村孩子，没见过世面，胆儿小，眼生。"我和妻子决定把儿子小时候的玩具和图画书送给这个孩子。

第二天下午，将近下班的时候，天空忽然阴云密布，接着便下起瓢泼大雨来，不过这雨来得快去得也快，下班时间刚过，雨就停了下来。

这场大雨一扫连日来的闷热，骑车走在回家的路上，身心俱爽。路过大桥时，我发现河水涨了不少，有许多人爬在桥栏杆前观看。到了马路市场时，我发现许多摊主围在一起神色慌张地说着什么，我发现人群里没有那对卖甜瓜的夫妇。这时我听见摊主们在七嘴八舌地说：

"太惨了！孩子刚来城里才几天，怎么就出了这事！"

"爷爷奶奶在老家要是知道了，不得急死！"

"爹妈可咋活啊，就这一个孩子！"

"唉，这爹妈也是，大阴天的，也不看好孩子，咋还让他到河套去呢？"

我急忙拉过一个摊主问："谁家的孩子出事了？"那个摊主说："那经常买他甜瓜的那个，小孟。孩子跑到河套去玩儿，淹死了！"

我呆住了！

我扭头瞅了瞅那个瓜摊儿，空空的，静静的，被雨水冲洗的甜瓜显得更加新鲜，但都似乎落落寡欢，有点儿悲伤。

晚上，我把这事告诉了妻子，妻子伤心地掉下眼泪来。这天夜里我们久久不能入睡，脑海里总是出现那卖瓜的一家人，不知那年轻的夫妇此时怎样？他们该怎样承受着残酷的打击呢？

过了大约十多天的样子，我发现那男的又出现在了瓜摊儿前，没有媳妇的影子。这男的面容憔悴，眼神发呆，不说不笑，默默地守在瓜摊儿前。瓜应还是永远那么甜，可人的心中该是怎样的苦呢？我不知该怎样来安慰他，只是远远地望着他，心中酸酸的。

在北京开往赤峰的火车上

"饿了，饿了！吃点儿东西！"对面的两个小伙子笨手笨脚地撕开包装袋，吃起一只烧鸡来，眨眼的功夫，一只烧鸡没了，他们又掏出一袋不知什么东西，碎碎的，腻腻的，风卷残云般，转眼就没了。我惊叹他们的速度，羡慕他们的年轻。

这是在北京开往赤峰的火车上，窗外完全黑了下来，只有一缕缕的灯光掠过。我和妻子坐的是列车最后一节硬座车厢，庆幸还能买到有座的票，送完儿子归来，满身的疲惫，看看四周，到处是人，过道上站了许多风尘仆仆的打工者，也有学生。这情景让我一下子想起大学去呼市读书的时候，二十一年了，几乎没什么变化！

对面的两个小伙子已开始伏在巴掌大的桌子上打起了呼噜，我也有了困意，但却睡不着，浑身不舒服，原以为就一宿的事儿，打个盹儿就到了，没想到这么难熬！真是年龄不饶人了。

我的身边坐着一个二十五六岁的小伙子，皮肤微黑，眼睛大而亮，牙齿雪白，脸上总带着笑意，他正和对面一个面皮白净身材瘦小的小伙子聊着，两人都在北京打工，大眼睛的小伙子十几岁就到北京做送水工了，瘦小伙子帮北京一老太太做吊篮，手艺不错，但工资不高。

"这么点儿钱你还给她干？辞了算了！北京有的是活，别一棵树吊死。"大眼睛小伙子说。

"老太太对我不错，不好意思呢，她说帮她这一年，明年再走。再说吧！"瘦小伙子说。

两个小伙子唠着唠着，才发现两家离的并不远，都是一个乡的。

"那个老马，你听说了吗？为了竞选村长，花了十几万呢！"大眼睛小伙子说。

"知道。花十几万也值啊，村里那个煤矿，一年就回来了。没人干亏本的买卖。"瘦小伙子说。他们那儿到处是煤矿，开矿的都发了。

"起来起来！你怎么坐在过道上？"一个身穿铁路制服的小伙子皱着眉头对一坐在过道上的人喊。那人大约六十多岁的样子，身穿一身脏兮兮的衣服，瘦小的脸上沟壑纵横。细小的眼睛满是委屈和不满："我没地方坐，不坐这儿坐那儿？"

"没地方坐也不能坐这儿！起来！"制服小伙子没有商量的余地。

老头一百个不情愿地慢慢站起来，手里还拎着一个满是灰尘的鼓鼓囊囊的大提包。

等制服小伙子走了以后，老头又坐了下去。

大眼睛小伙子困了，便和邻座的一个六十多岁的老汉换了一下位置。老汉是他的父亲。这老汉好健谈，不停地和我说话，我又困又累，疲于应酬。老汉却乐此不疲："你说，故宫从这头走到那头得有多长？"他把脸伸了过来，几乎贴在我的脸上，我闻到一股浓浓的大蒜味儿。

我还真答不上来，他有些惊讶："你是大记者，这都不知道吗？"我笑了笑，不置可否。

"你说，这车现在是往哪个方向走呢？"

"应是东北吧？"我说。

"不对，是往南走呢。"

这时，一个在我们身边站着的小伙子不屑地笑了一声，他身穿一身得体的白色西服，夹着一个公文包。

"你笑啥？就是往南走嘛！"

"是是，往南走。"小伙子微笑着摇了摇头。

"哎哎，我说你这人咋回事儿？"制服小伙子又过来了，他伸出手来推坐在地上的老头。

"你别动我！我倒要问问你，我买了票，一分不比别人少，连个座也没有，坐在地上也不让，我这么大岁数，站又站不起，你说咋着？！"老头继续坐着，一副任他风吹浪打我自岿然不动的架势。大家都笑了，制服小伙子也无奈地摇摇头，回他的休息室了。

"雪糕、麻花、饮料、盒饭有人要吗？"又一个穿制服的中年女人推着餐车过来了，"哎，哎，这位，让一让。"

老头把脖子一梗："你们还有完没完？不让！没人买你的东西，拐回去吧！"

大家又笑了起来，制服女人也笑了："你可真有意思。"她还真拐回去了。看来现在服务员态度还是好了许多，记得当年他们可不是这样，不管过道上多挤，人们也得给他们让出道来的。她们几乎可以在人们的头顶上来回奔走做她们的生意。

夜已深了，到了两三点的时候，是最难受的时候，车厢里渐渐静了下来，人们都想尽各种办法让自己把眼睛闭上休息一下。可我还是睡不着，反而竟没了睡意，我上了趟洗手间，回来发现一个学生模样的小伙子坐在我的座位上，见我回来，小伙子慌忙站起来，我按按他的肩头，让他继续坐着。

早上六点多，列车终于到达终点赤峰，满身疲惫地走下火车，回望那一节节车厢，就好像是一个个人生的舞台，每天上演着小型的人间故事。

公交车就是一个小社会，就是一个万花筒。喜怒哀乐甜酸苦辣，都有。自去年公交车从家门前经过，便经常乘坐，所见所感，多有记录，是摘几段，与你分享，相信你也经常遇到，如果你经常坐公交。

2007 年 8 月 2 日

刚登上公交车，大雨就哗哗下了起来。窗外一片迷朦。车到某站，一群人湿淋淋地挤上来，"后面那俩，钱。"司机冲后面两个女孩子喊。"师傅，我们兜里没有一块的，在门口等着，收够 8 块，投进 10 元，行不？"女孩子与司机商量。"不行！""你看，这么大的雨，我们也没别的办法，照顾一下，好吗？""不行，快下车，别耽误别人！"没有商量的余地。两个女孩子无奈地下了车。公交扬长而去，留下两个女孩子在大雨中……

司机执行规则没错，但是不是灵活一些呢？是不是能人情化一些呢？还有些司机，开刹车特急促，有一次，我的一个同事竟被一个急刹车从车尾搡到车前，脑袋磕到车座扶手上，起了一个大包。一些年老的人到站时才敢站起来下车，司机还经常埋怨，快点快点，提前往门口走啊！你车开那么急，老人怎么敢提前走？

2007 年 10 月 2 日

今天的乘车的人也不少，等我上车时，早已没有座了。人挨着人，很挤。车的前面有限的几个抓手早被别人占去。我身边的一个女孩子两双手不知往哪放才好，车一晃，她有些晃，便小心地对坐在身边的一位老太太说："奶奶，我抓着你的手，行吗？"老人赶忙说："行行，这有什么？别摔着。"女孩于是小心地抓住了老太太的手，瞅到这一幕，边上的人都微笑了起来，拥挤带来的不快，也烟消云散。乘坐公交车，当然也不尽是不协和之音，但类似暖人的场面很多，温馨的景象不少，让人心里暖暖的，如春风扑面。有一次，上高中的儿子坐公交车回家，背上少不了那个大书包，见一位老太太站着，便赶紧站起来让座，老太太却说："我没几站，你坐着吧，上了一天学，挺累的。"儿子告诉我这件事时，与孩子一样，我也很感动。我能想象这是一幅多美多温馨的画面。

2007 年 11 月 5 日

车上的人总是这么多。一个妇女抱着个孩子上车了，一个女孩让了座，抱孩子的妇女很感激，小孩儿也就二岁多，很可爱，一双清澈无邪的大眼睛不停地四处打量，见什么都好奇。孩子总是能吸引大家的目光，他们的可爱也给枯燥的人们带来乐趣。

坐车也能看出一个人的性格，年轻女子多很矜持，静静地坐着，看外面的风景。小伙子则往往毛手毛脚，有一次，一个小伙子从下车门上了车，司机说你怎么从后门上啊？小伙子说，人太多了，边说边急匆匆到前面往钱箱里投了一元硬币。问：上 X X 是坐这辆车吧？司机说，不对。小伙子一听，便急匆匆地又从前门下去了。大家都乐了。

还有些人很不讲究，反映一个人的素质问题，有一次，我身后一个男士，从一上车就打电话，操着一口方言土语，大约在谈什么买卖，声音大得出奇，仿佛是要让全世界人都知道他是一位多么成功的人士。全车人都对他侧目而视，他却浑然不知，很踌躇满志的样子。

2007年11月8日

今天早上上班，身后两个少年的对话很有意思。

一个说："我们家花花真让我犯愁。"

"咋了？"一个问。

"有一次我带它去步行街，有一个特丑的大狗追了过来，把我们家花花勾引走了，急得我怎么叫他都不回来，气死我了！"

"后来呢？"

"后来在一个胡同口终于发现了他们，正在一起热乎呢。你说这可咋办啊？我们花花是纯正的京巴，叫那么丑陋的野狗糟蹋了。要是怀了崽，该多恶心啊！"

少年说完叹了口气，很忧愁的样子。

"没事吧？哪那么好怀上的？"伙伴劝他。

这时到站了，两个少年下车了。

2008年12月28日

35路车开通后，我便经常坐35路，方便，新车，一开始人也少，有暖风，很不错的，但有时也有不愉快。一是报站名夹杂烦人的广告，而且是一大拖罗，"某某礼仪公司提醒您，前方到站某某车站"，还没等喘口气，"某某礼仪公司提醒您，某某车站到了，要下车的乘客后门走，开门请当心。"心想，到什么车站还劳你提醒，真烦人！再加上车内电视广告轮番轰炸，真有点受不了。另外，公交司机也许是"公交优先"思想在作怪，总有点儿目中无人，停车开车简直是横冲直撞，我指的是少数，很吓人。还有，许多司机到站点儿没有人说下车干脆不停车，有一次，到了该下车的地方我说下车，可能司机没听见，愣是把我拉到了火车站！好在只是多出一站。如果是聋哑人，是不是就没法坐公共汽车了？

2009 年 2 月 18 日

昨天晚上下班，在 35 路上碰到一帮从南方来赤峰打工的，在会展中心下了车，据说是装修的。巧了，早上去单位上班，又赶上一拨儿打工大军，在新汽车站上来一大群，好家伙，车子立刻挤得满满的，空气也立刻混浊了起来，这些人大包小包挤满了过道，都是一副长途跋涉的样子，面色疲惫，听口音是南方人，我身旁的一个男士跟他们聊了起来，断断续续地了解一点儿，他们是来宁城打工的，本来打算坐汽车，可因大雪汽车停运，只好再返回火车站坐火车去宁城。也许与金融危机有关吧？以前很少见这么多南方人来北方尤其是赤峰打工，有一个小伙子看年龄不大，一打听才十九岁，有人笑说，还是童工呢，不允许啊。一位年龄稍大些的说，年龄小身子轻，高空作业，方便呢。我们这年龄，有些大了，过几年就做不了啦！

唉，都不容易啊！

新买了房子，顶楼，一是价格便宜些，更是为了肃静，原来住在六楼，七楼那家，能折腾得很，我是受够了，发誓买顶楼，宁愿多爬一层，也不想再受顶楼的欺压。

更让我相中顶楼的是，不用付钱可永远使用的平台！

平台的用处多了，眺望、乘凉、种花种草种菜，想象着平台的妙处，我常偷偷地微笑。

搬过来后，我想顺便把平台也弄一弄。

十一长假，父亲过来小住，主要也是让他看看我的新房子。

"不错，比原来的大多了。"父亲便看边说，"这得多少钱啊？"我轻描淡写地报了数目，父亲惊讶地睁大了眼睛："能买原来的两个呢！"我笑笑没支声，父亲哪里知道现在的房价已涨到什么程度！父亲勤俭节约一辈子，现在虽然比过去强多了，但从不乱花一份钱，买房子这样的价钱，对他来说当然是天文数字，就是新家具的价钱，也让他频频咋舌，言语里大有年轻人太铺张浪费的意思。对此我已经习惯，从小到大，我们就是在父亲勤俭节约把钱恨不能掰开花的教诲中度过的。对父亲的过分节约我们有时也看不惯，但事后想想父亲也不容易，从困难时期过来的老人，大都是如此，想想还不是贫穷给闹的！

我把装修平台的打算告诉父亲，打算让他帮我弄一弄，其实我知道，依父亲的意思，现在的平台已很好了，干干净净的，还装什么？按我的意思，把平台再铺一层大理石板，修几层小台阶，父亲粗略算了算，"千八百块呢！有这钱干啥不好？铺在地上？"但我主意已定，父亲知道拗不过我，父亲老了，儿子过自己的日子，他的意见只供参考了。

第二天一早，父亲就自己悄悄地去了建筑工地，搬回几块砖来，他说，磊台阶够了。我原准备材料都一起顾人买上运回来得了，省事儿。可父亲给我先把台阶这块省了。接下来，买沙子、理石板，事不少，忙得我焦头烂额，最麻烦的是顾人干活，因为平台不大，活小，没人愿意干。终于顾到人，但要价也厉害！依父亲的意思，我们自己就把沙子石板搬上来，可我没同意，这些年坐办公室，我的身子也懒了虚了，走上来还喘呢，别说搬东西。父亲年龄大了，近七十岁的人了，再说又是到我家小住，怎么忍心让他干活呢？价高就高点儿吧！一辈子能有几次装修？父亲还是有些不甘：一小袋沙子，搬一层就要三毛钱，赶上沙子贵了，唉！要我说还是自己搬上来得了。

活干到一半时，沙子不够了，差两袋。我想去买，父亲说，我看你们小区里有废弃的沙子，收两袋得了，还花啥钱？我想也行，于是与父亲下楼收了两袋，父亲要往上扛，被我制止了，父亲年龄大了，腰又不好。我说，还是找个人吧，你先上楼。可等我找到人回来，发现那两袋沙子不见了，上楼一看，父亲正坐在沙发上抽烟呢，他说，我扛上来了，两袋沙子找什么人？花那冤枉钱！老啦，若在以前，我一趟就能搬上来！

想象着年迈的父亲如何吃力地从一楼把沙子艰难地一层层扛到顶

楼，我的心中顿时涌上一股暖流，鼻子里也酸酸的。"你看你，我都找了人了，把你累个好歹的可咋办？"我一边埋怨父亲，一边控制着即将流出的眼泪。

现在，平台早已装修好了，每当我走到平台上，都会不自觉地想到远在乡下的年老的父亲……

茶

　　年方二八的姑娘们个个身穿绿衫，在微醺的春风中静静地等待着，等待着那有慧眼的人儿选中自己，奔赴那一生中唯一的一次美丽的约会。

　　这是在清明前。

　　带着山里的风和微香，被选中的姑娘们下山了，她们从黄山来，从峨眉来，从武夷山来……，姑娘们有些激动有些紧张，将要到哪里？与谁相约？不管他吧，反正是下山了，好歹要去展示一下自己，美丽一次自己，不能辜负了自己的青春。虽如烟花般转瞬即逝，但毕竟灿烂过……

　　现在，姑娘们上场了，她们手牵着手，她们深深地呼吸了一下，便齐齐地跳入一汪碧波中，望着水边那即将约会的人儿，姑娘们有些害羞，她们静静地沉入水底，一声儿也不敢出，静静地，似在等待着什么，心跳如兔。渐渐地，姑娘们开始放松了自己，她们微闭双眼，静静地享受着水的轻抚，饱满的身体上每一个毛孔都在慢慢地打开，姑娘们开始心潮澎湃，渐渐地有些控制不住自己，这时，不只是谁悄悄喊了一声：开始！姑娘们便一起浮向水面，水袖轻舒，愉快地舞了起来……

　　我说的当然是茶。

这是说绿茶，该怎么说呢？与绿茶相约，应是高山流水遇知音，与红茶相会，如遇老友，无拘无束相虽至深夜谈性仍浓，至于花茶砖茶，则似家人亲人相处，无拘无束，想吃就吃，浑然天成不可或缺。

没研究过茶道，总感觉有些繁复夸张，太讲究程式与铺排，还是回归到茶本身吧，清茶一杯，慢慢品味，足矣。

古人就说，人生开门七件事：柴米油盐酱醋茶。这七件事，唯有茶，是超凡脱俗的，没有油烟气，清新可人。她让生活多了一份高雅，多了一份浪漫与怀想，多了一点闲适与品位。

我想，懂得茶的人，或说爱品茶之人，应是心态平和之人，茶能让人少一些冲动与烦躁，现代生活多的是快节奏，据说有句流行语是：快快！除了做爱。什么都要快，什么都要一次性，一切为了一个目标，就是所谓的目标。茶是什么？在社会发展的快速车道上，那些直奔目标的人们忘了茶，没有时间，太热了！还是喝果茶吧，现成的，瓶装的，有的是。现代人常说累，可没有多少人愿意停下来歇一歇，他们心中的欲望太多，因为总有人比自己强，所以停不下来，顾不上看看路边的风景，坐下来歇歇，更遑论能泡杯茶。

怀念二姑

　　父亲从老家来，告诉我说：你二姑没了。听罢愕然，我无法将开朗健康的二姑与死亡联系起来。悲痛，如网般罩住了我。

　　在我的印象中，二姑始终是开朗随和的，也正因如此，二姑是家族中最受欢迎的一个。每每回到娘家，我们这些晚辈们都愿意往她身边凑，有时还可如朋友般地开开玩笑。二姑很健康，近七十岁的人了，还揣着一双小脚里里外外地忙。可以说，二姑清贫了一辈子，但她那天生开朗乐观的生活态度使她在清贫的日子中总是快快乐乐地生活着。春天上山挖野菜，夏天采蘑菇刨药材，冬天编席子钉盖帘儿，总能换回油盐酱醋茶来。清贫的日子使她养成勤俭节约的习惯。走在路上，一块布、一条绳，她都要捡回来派上用场，也许这要引起某些富贵人的笑话，但我却始终从心里敬佩二姑，我想勤俭节约没有错。

　　当然，我这样写我的二姑，并不是说她始终都能快乐平和地生活。生活中，坎坎坷坷的事总少不了的。二姑只有一个宝贝儿子，可儿子结婚后，并没有给她带来多大的欢乐，反而使平和的日子起了些许波澜，二姑处在生性老实但倔强的老伴与有些乖戾的儿子儿媳之间，为使日子正常过下去，可说是费尽了心思。但她回到娘家，从不对哥哥弟弟们说，反而总是夸儿媳儿子是怎样怎样的孝顺。

据父亲说，二姑的走可能是早就想好了的。事后知道，那天一大早，二姑就把家人支开，自己洗漱穿戴整齐，坐在炕上。邻居带小孩儿来串门，唠了一会儿，二姑说："我有些难受，想躺一会儿"，邻居便不再打扰，抱着小孩走了。等再来看时，二姑早已咽了气，平平整整地躺在炕上，脸上带着笑容，枕边放着一个未吃完的苹果……

还听说，二姑去年还自己捣着小脚在山脚下用镐刨出一块地来，说自己死后就埋在这儿。

父亲还说，二姑去年回娘家，每家都转了转，还为每家钉了几个盖帘儿……

也许，二姑真的早就有了走的打算。一辈子开朗健康勤俭持家的二姑就这样走了，也许她真的觉得有些太累了，人生七十古来稀，二姑今年正好七十岁，她可能觉得自己真的该走了……

但我却不能忘记她，记得一九九一年春节我们去看二姑，临走每人给她几十元钱。二姑哭了："唉，你们来连饭都没吃，还给我钱，谁让你们的二姑穷呢？"当时大家心里都不好受，这是我第一次看见二姑流泪。二姑家门前山上有一战备山洞，我说以后去看看。二姑高兴地说："等你再回来，到二姑家来，二姑带你去！"谁知这竟是最后一次与二姑谈话！

唉，我健康开朗清贫一生的二姑……

你就是雄鹰

在赤峰文学圈,尤其是诗人圈儿,张蜀恒这个名字,估计都不会陌生。

大约是 2004 年吧,张蜀恒来报社,给了大家一本他的书,新出的诗集,那大概是他第一本诗集。一本很精致的小册子。可是,大家都说,看不懂。我也是,真的看不懂。每个字(除了生僻字外)都认识,可就是生生地看不懂。这之后,我陆续在一些报刊或者其他渠道看到过一些他的诗作,还是看不懂。我和身边的人都几乎得出这样一个结论:张蜀恒的诗,看不懂,古怪。这几乎成了他的标签。很多人说起来,都带着一点不屑:那个人,写些啥啊?乱闹!

这样的印象一直持续到大概三四年前,我结识了诗人清子、落落、水皮等,他们都成为我的好朋友,他们的文字深得我心,我很欣赏他们。偶尔跟他们说起张蜀恒,他们竟是一致地肯定:那是个大家!于是,我就尝试着接触蜀恒。有过几次接触后,渐渐觉得,这人不简单!待人诚恳,办事爽快大方,雷厉风行。

我觉得,了解一个人,尤其是一个诗人,当然要从他的作品开始。于是有一次,我大着胆子在微信里说,我想看你的书。没想到你蜀恒秒回：好啊，全部奉上！好大哥！

我于是从他的办公室拿到了20多本诗集。从2020年11月，到现在，我还在看。

我怎么说呢？从哪里说起呢？心里鼓动着一股暖流，想把它倾泻出来，但限于水平，又找不到恰当的出口，就随便说了，说哪儿算哪儿。

首先，我得为我对他的偏见羞愧。我差点错过一个如此优秀的诗人！

一个诗人，能把握这么多写作风格，掌控这么多类型写作实属罕见。尤其是，他那么有创新精神，开创了诗歌评书，先不说效果如何，单是这种精神，就是难能可贵了。我想，很多人所谓的看不懂，那只是蜀恒探索诗歌中的一部分。这部分，可以看不懂，因为我们看了太多的容易看得懂的诗，比如汪国真之类，我们这些看惯了"读者体"喝顺了心灵鸡汤的人，从来没想到或者不愿意费那个劲儿去看懂蜀恒这些探索性的诗作。

关于看懂看不懂的问题，说起来话长了。我写闪小说，这些日子听周波老师的课，他就讲到，小小说大家谢志强说过，他的作品很多人看不懂，但是拿到大学课堂上，那些学子都看懂了。我们现在很多小说，九零后都是不屑于看的。我就举这个例子，别的不多说了。"读者都能看得懂才是好作品"这肯定是个伪命题！

蜀恒诗作之看不懂，除了他的探索性质外，我想还与他阅读面之广有很大关系。老实说，我看了蜀恒的作品集，尤其是那些经典作品读后感，我是感到惭愧的，我又是感到惊恐的，是的，我用了"惊恐"俩字。以我的经历，似乎很少有人阅读面广到蜀恒的地步！而且阅读之深刻之细致，令人叹为观止！这是啥样的大脑？这是啥样的体力？是的，我觉得阅读也是个体力活。蜀恒啊，我只能说他是天才！他能大量阅读，还能化为己用，不露痕迹，并能从中开创出一片天地，让人耳目一新，这是何等的厉害？

所以说，我们不懂，不怪蜀恒，要怪只怪我们自己好了。

蜀恒是何等幸福，有那么好的家人陪伴，母亲，妻子，女儿，三个聪慧绝顶蕙质兰心的女人，都集中到一家子！在她们眼里，蜀恒是好儿子，好丈夫，好父亲。是的，知蜀恒者，三个女子也。蜀恒当得起，蜀恒做到了。大家都知道，蜀恒孝顺是出了名的。在如此忙的情况下，每天必须去照料生病的母亲。蜀恒岂止是对待家人这样？对待朋友甚至对待一般作者，也是那么的热心肠。很多活动，蜀恒都是自掏腰包，有一次，一个颁奖活动，蜀恒考虑到有外地作者，就安排吃饭。他却没有参加，去照顾母亲了。饭桌上，凤凰老师说，这顿饭是蜀恒自己出的钱。品毅说，蜀恒经常这样。

蜀恒是一个自觉的、纯粹的、清醒的又是食人间烟火的诗人，我们知道，诗人往往有点狂傲不羁，我行我素。可是，蜀恒不是如此，他就像一个大男孩儿，热情开朗，积极参与文化公益事业，比如去校园讲课，比如带带领大家认识花草树木，搜集整理民间文化……这样的例子太多了。

我总在想，这是一个怎样的人啊，他哪里来的这么巨大的能量和精力？我想，这只能是出于对文化的一种热爱和传播文化的一种自觉。蜀恒不开车，他始终骑着那辆摩托，奔驰在追求文学真谛传播文学的路上！快捷，方便，节省时间。

追逐梦想的人，往往是孤独的，这是规律或者说宿命。

只是，我想说，蜀恒，该歇歇也要歇歇，生命需要积蓄能量，这是为了更好的前进。蜀恒的母亲也不止一次劝过儿子，要停一下，歇歇。

可是，蜀恒没有，他说，他没有时间停下来，他要办的事太多太多。他甚至说，他没有时间解释，没时间去辩解。我能听出些许无奈和伤感，是啊，懂他的人还是太少了！他只是只能奔驰在路上，他是一个朝圣者，和他的红山诗社，永远在路上！蜀恒奔驰的速度太快了，我等是追不上他的，要做的，就是为他鼓鼓掌，加加油，或者递一块毛巾，送一碗热水……

啰啰嗦嗦写这么多，也没有写出蜀恒万分之一，我觉得，蜀恒就是海，深邃的海，哪里那么容易看得透！

蜀恒说，他有雄鹰般的期待！于是我又觉得，蜀恒就是雄鹰，展翅翱翔于文学的天空……哪里管那些在地上叽叽喳喳乱叫的乌鸦麻雀，他没有时间理会，浩瀚的天空，等待他去遨游！

　　那天，当我和妻子从南山公墓密密麻麻的烈士名单中发现"张显和"这个名字时，禁不住叫了起来："是他，我的三叔！"我们伸手在冰凉的大理石上抚摸着这个名字，就仿佛抚摸着三叔那健康而年轻的面孔，摸着那富有弹性的肌肤。泪水，禁不住悄悄地流了下来……

　　1946 年 8 月，年轻的三叔应征入伍。据说当时是要岳父参军的，但那时岳父已娶妻生子成了家，三叔说："二哥已有家小，我单身一个，让我去吧！"三叔参军后，奶奶非常想念他。有一次，一支部队路过我村时做短暂停留，奶奶向他们打听三叔，他们不知道三叔，但他们说："你老就把我们当作你的儿子吧。"奶奶真把他们当作亲儿子般看待，搬出新被子给他们盖，做最好的饭给他们吃。

　　又过了半年的时间，同村的几个与三叔一起参军的年轻人回来了，他们告诉奶奶，他们与三叔一起打隆化了，太激烈了，久攻不下。他们叫三叔跟他们一起回家，可三叔很坚决地说："你们走吧，打不下隆化，我不回家！"

　　这是家人所知道的三叔的全部消息。

五十几年了，虽然解放后政府也把我们按烈属待遇对待，可三叔的真实情况到底怎样却始终是一个谜。他到底是死活，既是死了，到底坟墓在哪儿始终也不得而知。为了弄清事情的原委，我到了民政局，经在那里工作的朋友的帮助下，我在优抚科从一本厚厚的烈士名册中，终于找到"张显和"的名字，书里这样记载：

张显和，宁城县热水乡娘娘庙村人，1946年8月参军入某师十六旅炮兵团二营六连。1947年7月在参加隆化战役时牺牲。

纪念碑上的"张显和"真的是我的三叔！

哦，三叔，三叔，我们终于找到你了！三叔，你寂寞吗？原谅我们，这么多年竟没来看看你。但是，三叔，我想你不会寂寞的，每年有那么多人来祭奠你们。

又是一个春天，我再次来到这里，那满山的杏花开得可真热闹啊！那一定是你们年轻的魂魄所幻化吧！

走在回家的路上，我看着平平安安的生活着的人们，从心里深处升腾起一种自豪感，因为我的三叔刻在纪念碑上。

好人，你为什么没能一生平安？

转眼间，展总离开我们已有半年了，但我还是觉得他没有离开我们。常常，在单位，楼道里，就听见似乎有展总那稍带沙哑的憨憨的嗓音，就想出去看一看，是不是展总回来了，总固执地以为，展总是出了一趟远门，该回来了……

可送别时那撕心裂肺的场面仍在眼前，他一遍遍无情地提示着：展总走了，永远地走了……

悲伤的潮水，又一次淹没了我……

其实，我与展总相识的时间并不长，1992年大学毕业到药厂工作，单位订有《赤峰日报》，没事时常看，就喜欢上了其中的"松州"版，也渐渐熟知了编辑"展国龙"这个名字。因特别喜欢其上面刊登的鲍尔基•原野的文章，于是小心地给编辑展国龙打电话打听其人，这也是第一次听到了他的声音。也算是未曾谋面先闻其声了。1996年底，我到了晚报社，单位许多人都认识展国龙，从他们的言谈中，我已有了一个他的初步印象：展国龙，好人一个。等晚报归到日报社后，我与展总终于到了一个战壕，并且直接归了他的领导，从而也得以察其言观其行品其人了，没错，展国龙，好人！展总长得方方正正，好人形象，声音憨厚温和，善良人的声音，行事做物一丝不苟干干净净宽宏大量，好人的做派。

一个人，在人们的心目中，常常是有好有坏，赞成他的人有，反对他的人也有，或说是好的多于坏的或坏的多于好的。可展总是个例外，我接触的人中，接触过或没接触只是听说过展总这个人的，还没有谁说过他的不好。这就很难得，太难得了。在展总去世的那些日子，人们谈论他，都是频频用"好人"这样的字眼儿，我想这就是对展总最好也是最高的评价，展总，你应宽慰了。

我想，评价一个人的好，有许多方面，但最最重要的，莫过于他的善良，善良，是一个人之所以成为好人的根本，其他的好，都是善良之树上结出的果实。

善良，让他成为好丈夫好父亲。展总夫妻的恩爱是让认识他的人羡慕的，据说，展总与妻子过马路，展总每次都小心地牵着妻子的手，这温馨的一幕在我们心中久久难忘，只这一个细节，就已把展总好人的形象表露无疑。在未来的许多日子里，我都不会忘记这样的画面，它已成为我回忆展总的特殊代码。

善良，让他成为好同事好朋友。展总温暖厚实的大手，不只是伸向他的妻子，他也常常把温暖的手伸给我们，在我们一起出去游玩时，遇到险路，他总是像大哥哥般照顾我们，在工作生活中遇到困难，他总是及时地伸出援手帮助我们。２００５年我要出书，打算请展总为我作序，可展总那么忙，我不忍心打扰他，可思虑再三，我还是找到他，他二话没说，看了我的文稿，几天后就拿出文采飞扬的文章来。展总的序言让我心存感激，他对我的评价是那么诚实和深入，这是我没有想到的，短时间的接触他就对我有这么深的了解，让我看到他的热情、真诚、细腻，书出来后，我说，咋也得给你点儿"稿费"吧，略表谢意，可他说什么也不要，甚至有些不高兴，他说，咱们是哥们，那么客套干什么？说得我心里暖洋洋的。有一年春天，南山的杏花开得正热闹的时候，我们几个编辑忙完手头的活儿，准备去南山赏杏花，有人建议，叫上展总！我们都知道展总是个喜欢热闹的人，展总接到我们的邀请，稍犹豫了一下便答应下来。当我们来到南山时，已是夕阳西下的时候，大家嚷嚷着赶紧照相，这时有人说，看，那不是郭姐吗？郭姐就是展总的爱人。见我们疑惑，展总笑说，是我让她来的，你们不反对吧？我们高兴地说，当然不反对！高兴还来不及哪！下山时，展总说，大家都别回家了，我请客。我们不同意，因为我们早就打算好了，赏完杏花大家一起吃饭，大拇哥卷煎饼，这是我们一贯的规矩。可展总坚持要请，郭姐也诡秘地笑说，这顿饭，你们展大哥一定要请。你们别争了。到了饭桌上我们才得知，原来那天是郭姐的生日！本来人家两口子要单独过生日的，让我们搅了。我们很不好意思，有几个女编辑赶快偷偷跑出去买回一个生日大蛋糕，这让展总两口子又是高兴又是埋怨：怎么能让你们破费呢？不管怎么说，阴差阳错，那一次生日宴会应当是热闹的难忘的。展总的善解人意也让大家印象深刻，如今谈起来还感慨万千。又是一年杏花开，遍赏杏花少一人……

展总的好，真的是说也说不完，可这样的好人，为什么就这么突然离去了呢？都说是"好人一生平安"，可这样的好人，为什么就不能平平安安呢？老天，你不公平！

一向谨言慎行平和宽厚的展总就这样被突如其来的横祸夺去了生命，展总总是在别人需要的时候把温暖的大手及时地伸过来，可他遇到危险时，我们却没能及时地去拉他一下……

和蔼可亲的好人展总走了，留下他的好让我们思念……

一天下午，我接上放学的儿子回家，走到昭乌达桥上时，儿子忽举起左手喊："爸爸快看，鸟在飞！"我抬头向天空看去，哪有什么鸟啊？"在我的手上！"我这才注意到儿子那高高举起的左手。那小小的手背上，清清楚楚地画着一只小鸟儿。鸟的身体画在手掌的虎口处，而那两只翅膀则分别向大拇指与二拇指上斜斜地伸过去。只见儿子把其它三指一攥，画着翅膀的那两根手指一开一合，在蓝天的映衬下，嘿！真的是鸟在飞呀！

可是，我知道这样的游戏只属于儿子，我不能，亦不敢。我若如此，别人（我指的当然是成人们）一定要笑我是白痴。所以说，成人们永远也得不到孩子们由天真而带来的乐趣。

于是我就很羡慕孩子。

我家住六楼，我常常到阳台上偷偷向下俯视，在狭小的楼与楼围成的"天井"里，孩子们在做着各种各样的游戏。我悄悄地欣赏着他们的游戏，分享着他们的快乐。

有一次，我看见两个男孩在玩狩猎的游戏。那扮猎狗的孩子一丝不苟地学着狗的样子四肢着地向前走，并"汪汪"地叫着，忽然，那"猎人"向前一指，"猎狗"便一下子窜过去，叼回一只野兔（木棍）。我被他们的天真无邪和认真而感染。这时，两个孩子突然不经意地一抬头发现了我，他们似乎有些疑惑地看了我一眼，但很快又低下头去继续他们的游戏。在他们眼中，我这个大人一定有点儿怪，有什么好看的呢？

还有一次，我发现一个大约十岁左右的小姑娘，她很吃力地抱着一个胖胖的嘴角还流着口水的小男孩儿，她的身后还跟着一只毛茸茸的小黄狗。看见别的孩子都兴高采烈地玩耍，这女孩子的心里大概也长了草，只见她把孩子放到一边，站在那儿，歪着脑袋，可能在想：玩什么呢？有意思的事发生了，只见这女孩儿不知从哪儿检来一截粉笔，"刷刷刷"，她在水泥地上画了两条平行的白线。直起腰，拢了拢有些散乱的头发，她跳起"皮筋儿"来了！

我被女孩儿的做法逗笑了，同时又为她的认真而感动。原来，快乐就是这么容易得到的啊！整天为生计忙碌的大人们，终日寻找幸福探讨生活真谛的人们，其实幸福与快乐就在你的身边，寻找他们，就如同掌上画鸟、地上画线那么简单。

保存新奇

儿子有一天兴奋地告诉我：他发现蜂鸟了！就在他们学校操场边上的小草坪里。

我不相信，我知道蜂鸟是珍稀动物，且生活在南方。见我不信，儿子有些着急：真的，不信明天我捉一只回来给你看！

此后的一段时间里，儿子常常惊喜地告诉我：今天我又看到蜂鸟了！今天我差点儿就捉住它！

儿子的喜悦把我也弄得将信将疑。

在儿子的带动下，他们班的好多孩子都开始怀着新奇的心情寻找起蜂鸟来，他们还发现了许多以前不曾注意过的小昆虫：七星瓢虫、蜜蜂……在不起眼的小草坪里，他们享受到重归大自然的乐趣。

可这种新奇的找寻不久就被"取消"了。在一次蝴蝶标本展上，我和儿子同时看到了被儿子误认为蜂鸟的昆虫标本——红裙小天鹅。旁边有小字标示：红裙小天鹅飞动时常常被人误为蜂鸟。

谜被揭开了，但少了那份新奇和由此带来的那份快乐和幸福。

世上的事往往如此，有得就有失。

那次看完美丽的蝴蝶，出口处有一张画满丑陋虫子的招贴画告诉孩子们：美丽的蝴蝶就是由它们变来的。你是否有一种吃完一碗香甜的饭后在碗底发现一只苍蝇的感觉？

儿子前年回老家农村时，把一只瓶子装满红水埋在田里，幻想有奇迹发生。我知道这不会发生什么奇迹，可没有告诉孩子。去年冬天，儿子回老家，想用铁锹把瓶子挖出来看看，可大地早已封冻，并且也找不准具体位置，只好作罢。我心中暗暗庆幸。

让孩子保存一点新奇和幻想吧！

冬天里的风筝

初冬的一天傍晚，像往常一样，我接上刚放学的儿子，蹬上自行车急急往家里赶。走上昭乌达桥时，忽听儿子叫道："看啊，风筝！"

果然，就在桥上方的空中，有一只长长的"蜈蚣"和几只"蝴蝶"在盘旋飞舞。放风筝的人呢，就在桥下那片河床上，一位年长者与两个少年。他们或奔跑或伫立，或收线或放绳，努力地使属于自己的那一只飞得高些再高些。天气虽有些冷，但我想他们的脸上一定绽放着笑容。他们的身后，是一片灿烂的晚霞。

印象中，放风筝似乎只是初春的事儿，在冬季放风筝，我还是第一次见到。萧条的冬季，有几只鲜艳的风筝在空中飞翔，使这个城市顿增温暖与诗意。它也引得如我等匆匆忙于生计的人们稍稍驻足或是一瞥，喘口气，看看天空，看看晚霞。

我想，能在冬季里放风筝的人一定是热爱生活热爱自然的人。他们更是田园诗人，不是吗？

"冰老人的骨头"

　　上个世纪的最后一天，我与爱人带着小儿和他的一位小同学，去英金河上玩冰。不算宽的河流冻成了一片高低不平残破不全的冰面，上面还蒙上了一层沙土。尽管如此，两个孩子还是玩得不亦乐乎，在他们的眼里，平日干冷的河套处处充满了新奇。他们的快乐感染了我，我想起了我的童年，我的冰车。可是，儿时的快乐是无论如何也找不回来了。

　　"看！这是不是冰老人的骨头？"儿子手捧一块晶莹的冰条问。"冰老人的骨头？"我立刻想到了大海，那小小的贝壳也是大海的小骨头吧？多美的想象啊！我怎么没想到？我又怎么会想到呢？我脑子里满是如何工作与生活，满是所谓的经验与智慧，偶有想象，也是挂满了成人的各种阅历与体验所带来的矫情，难以飞翔。而那些在成人看来很幼稚的孩子们，却往往能用他们纯真的眼睛和心灵，发现生活中的美，从而得到清清澈澈彻彻底底的快乐。

拧紧把水龙头

作家原野说他最恨不把钢笔水瓶盖拧紧的人。所以他有一个习惯：见到钢笔水瓶，几乎神经质地想把它拧紧。有一次，他被领导召见，领导拧开钢笔水瓶盖灌水，然而没拧盖，结果领导说的什么他一句也未听进去，心里只想那个瓶盖。想提醒领导吧，觉得狂妄又愚蠢，去拧紧吧，又有溜须之嫌。回到自己办公室，他把瓶盖松开又拧紧，心境才好了些。

也许有人说这人有毛病，但我却觉出他的可爱和善良。

我也有许多类似的习惯，比如：喜欢把水龙头拧紧。

在家里，我是水龙头的"守护神"，妻与儿子用水，我必嘱咐："把水龙头拧紧。"完了还要亲自去看一看。走在路上，看见有水随意地流淌，总想办法去把水龙头拧紧，若不能，心里就会不好受，走出老远，还会惦记那个水龙头。有一天中午，办公楼里就我一人在写稿，忽听有"哗哗"流水声，循声急走去，水房？男厕？不是，嘿，原来是女厕所！我犹豫了，但那水声让我难受，硬着头皮敲敲门，见没动静，心一横闯了进去，拧紧水龙头，做贼般快速溜了出来。

说自己有此习惯并无标榜如何善良如何高尚之意，但在这个水资源日益匮乏的时候，我还是为我能有这个习惯而高兴。据有关科学家预测：淡水资源匮乏将是２１世纪人类面临的最大的挑战。可看看我们周围，浪费水的现象还比比皆是，这真让人着急，我有时甚至想，政府应提高水价，提到让人用水如用油的地步，或制定一条法律：浪费水者，斩！

可这只是政府的事儿，你我平头百姓目前能够做到的就是：把水龙头拧紧。

雨中足球

　　一个沉闷的午后，为了消遣，当然也是为了工作（一个体育版的编辑，连国内足球的进展情况都不知道似乎也说不过去）。我打开电视，两支为保级而苦苦挣扎的球队正慢腾腾地进行着比赛。还是那无多大目的地倒脚，还是那盲目的长传，再就是把球踢出场外，总是那么没节奏，总是那么没生气，性急的人是看不了中国足球的，好在中国球迷早已被中国的足球磨没了脾气，慢慢地等吧，比赛结果总会有的。

　　沉闷的足球，一如这沉闷的天气。

　　忽然就下起雨来，起初是一大滴一大滴的落，渐渐地雨脚就密集起来，我起身来到阳台上看雨，忽然，我被眼前的景象所吸引——

　　一场雨中的足球赛！

　　场地就是楼左前方那片平坦的草地。队员，是七八个十岁左右的男孩儿。显然，他们已在那里玩了一会儿了，但大雨并未影响他们的比赛。其实谈不上什么比赛，只七个人，所以也没什么守门员，他们只是在那里带、铲、传，向着想象的球门劲射！雨水浇在他们身上，泥水溅在他们的脸上，但他们还是一如既往地认真地踢着。没有观众的助威，没有给他们提供巨额酬金的俱乐部，也没有高昂的转会费，没有裁判，没有黑哨，他们没有这些，他们只有那贴满泥巴的足球，所有的兴奋与注意力随着它滚来滚去，我想这些男孩儿才真正了解了足球游戏的真谛，他们玩的是真正的纯粹的足球，不沾丁点儿世俗气与铜臭气，因此他们尝到了足球带给他们的乐趣，即使是在雨中。而纯粹的足球游戏更能发挥他们的才能，增强他们的技艺。

也许，中国足球的明天，就要靠这群在雨中拼搏的孩子们。

习惯

　　人人都有个自己的习惯，习惯这个东西很难说出它的好坏，比如有人喜欢早睡早起，可有些人却喜欢晚睡晚起，你好像也不能就说它是坏习惯。晚上万籁俱静，大脑活跃，思维集中，睡意全无，正是构思一篇佳作、设计一张蓝图的最佳时刻，早晨躺在暖暖的被窝美美地多睡上一会儿，养足精神继续工作，也无可厚非。

　　这样说也不是就等于认为习惯没有一点儿优劣界定，比如说掏耳朵挖鼻孔等就决不是好习惯。作为一个社会人，我们行事做人离不开大众，所以你的习惯在大众场合是不是合适，如果不合适，就应收敛一下了，如露光脚、爱吃臭豆腐之类，也许你觉得光着脚特舒服，吃臭豆腐时滋味儿特棒，可在大众场合让人家也陪着你闻你的臭脚，嗅你的臭豆腐，也就有些不对劲儿了，需知那只是你的习惯而不是大家的习惯。

　　传说中国古代有一个国王嗜闻臭脚，但这方面的奇才奇缺，他四处张榜，布告天下，苍天有眼，国王终于在滨海之域找到一双前无古人后无来者的臭脚。国王遂召有臭脚的人来，视为亲密战友，授以高官，赏以帛金，赐以田宅，那个有双终年疮痂淋漓流脓滚臭的人从此一下子掉进了富贵温柔乡里，后来鱼肉百姓无恶不作。

　　这个国王的习惯真是奇怪到家了，他如果只是闻闻臭脚倒也没什么可指责的，可他以自己的习惯让百姓遭殃国家受损，则要让后人责骂了。

　　现如今，有人有爱吃的习惯便公款山珍海味大吃大喝，有人喜欢女色便不惜一切用公款建花园修别墅供养美女等等，不是很多吗？奉劝这样的人还是收收你的习惯吧！

牙痛

　　俗话说"牙痛不是病，痛起来也要命"。这句话道出了牙痛的尴尬。不算病吧？它疼起来也真够受的。但虽是这样，可你总不好意思对上司说："老板，我牙痛，想休息几天。"

　　我以前没少牙痛，所以深深感到牙痛简直就是一场不大不小的灾难。这个病最大的特点就是折磨人，这种痛苦就像有人用小刀慢悠悠在你皮肤上来回拉，叫你不紧不慢地细细地来品尝疼痛的滋味。就像老太太漫长的故事，别指望她一下子讲完或直接告诉你结局，且听我慢慢道来吧。疼极了气极了，想扇几下自己的嘴巴的心思都有，可没用啊，上下牙齿使劲碰几下也没用，吃镇痛药，口含白酒凉水，都不怎么见效。有时心里发狠：把这恼人的牙拔掉算了！可一想那面无表情的牙医，手拿小锤、钳子向你逼近的架式，那阵阵悲哀的牙痛也就愈发厉害了。唉，算了吧！忍一忍吧，毕竟是自己"土生土长"的东西，拔下来，怎么办呢？换个假的？假牙再漂亮再逼真也是假的，与原装的不一样，吃东西品滋味都没感觉，再说，一想到把假牙从口中拿出来刷洗就觉得别扭。

　　细想想，人吃五谷杂粮没有不得病的，且甜酸苦辣各种滋味都尝尝，方才算是一个完整的人生。机器人，不牙痛不感冒，但无知无觉，这有什么意思呢？还是偶尔来点儿小痛小痒吧，这样才证明了我们活生生真切切地存在。

照相

没事儿的时候，拿出影集来，翻翻照片，重温过去的日子，是件挺好的事儿。

我常这么想，花点儿钱照个相，合算，比花在吃穿玩上有意义得多。人这一辈子，总要在这世界上留点儿痕迹才好。名人有人给写传记。像我等平凡之辈，则只能留几张照片供后人怀念了。

人生说长则长，说短也短，从小到大时的照片排不了几尺，拿眼稍稍一扫，就走完一生。

我记得外祖母就没有照片留下。老一辈人都说：照次相丢次魂儿，所以不到万不得已是不照相的。我至今不知外祖母到底什么样子。母亲说起来也常常感到遗憾：怎么就没照张像呢？

祖母去世的前一年，父亲带她到照相馆去照相。看老头老太太成双成对安然幸福地端坐在八仙桌的两边，祖母哭了，她说："唉，你爷爷活着的时候咋就没想到这么照一张呢？"我们好说歹说，才劝祖母把相照了。祖母已去世多年了，这张照片一直挂在我家的正面墙壁上。每次回家，一抬头，就能看见祖母红肿着眼睛坐在八仙桌的一边，孤单单的。

现在社会发展了，人也会活了。如果说谁还没照过相，那简直有点儿不可思议。现代人不仅人人照相，而且也会照了：坐着、躺着、跑着、跳着，千姿百态，仪态万方，潇洒漂亮。

　　现在又流行一种什么艺术照，好看是好看，不过我总觉得有点儿自我欺骗。作为一个凡人，还是自自然然本本真真的好。经过艺术加工的照片，好似戴着假面具般，初看也许感觉还良好，时间长了，也许就觉得不好意思、甚至反感起来：这人是我吗？

善良受伤

不久前的一天，我与朋友经过步行街时，发现路边一群人正围着议论什么。我们也凑了上去，只见人群中间跪着一个小姑娘，年龄在十五六岁左右，穿一身学生服，凉风吹乱了她的头发，一双哀怨的眼睛怔怔地瞅着眼前那个装有几张皱巴巴的钞票的木匣子。小姑娘脖子上挂着一大纸壳牌子，上面写着她的悲惨的身世：父母双亡无依无靠，无法继续上学，乞求好心人的帮助。我和朋友毫不犹豫地把钱放在那个木匣子里，转身默默地离开。

回家的路上，我的脑海中不断浮现出那个小女孩孤独可怜的身影。天渐渐地凉了，她将到哪里去呢？

此后的几天里，我又陆续在不同的地方发现这种情况，都是身穿学生服，都是一样的遭遇……直到有一天晚报的一则消息揭开了真相，原来她们是一伙小骗子！

朋友也打电话告诉我这件事，语气中颇多愤怒："这世上怎么会有这样的事？！"

我无话可说，我只是感到自己的善良受到了伤害。

如今的社会什么都有假的，但我没想到有人竟利用人们的善良来行骗。当你在行善时都需要对行善对象辨别真伪时，你还能说什么呢？

据采访这件事的记者说，这些孩子都是有人暗中组织的，在他们看来这已是一项工作，有固定的时间与地点，有固定的方式与分配。近日我发现这群人干脆就到人行道中央，她们用粉笔在路上写下她们杜撰的惨境，然后跪等善良的人们"上钩"。可我也发现，来来往往的人们已没有几个在她们身边驻足了。

是识破了骗局？是感情已麻木？还是因善良频受伤害而再也懒得去辨真伪？我不得而知。

喝酒

　　我喝酒只是近几年的事儿，虽说时间不长次数不多酒量平平，但于这喝酒中，还是品出些许滋味来。

　　酒桌上有句俗话是：感情浅，舔一舔，感情深，一口闷，感情铁，喝出血。我对此是极不赞成的，我不敢想象，眼看着朋友喝吐了血还无动于衷的人到底是朋友还是敌人。不知有多少爱面子重情义的人栽到这句俗话上了。

　　喝酒能喝出最佳境界当是在这样的境况：门外大雪漫天飞舞，门内炉火通红，放张洁净的小方桌于热炕上，几盏小菜，一壶美酒，二三知己，饮美酒、赏雪景，酒至微醺，谈人生、谈理想，评古今，或放下杯箸，静听雪粒敲打门窗。此时此景，人不会被酒醉，而是为深厚的情意而醉了，可这种情形人生能有几回呢？

　　喝酒最没味的是交际场合的应酬，你得处处照顾到别人是否喝好，你得小心地为别人斟酒，陪别人说话。你不能喝多，你不能借酒发牢骚，须知"清醒"之人多的是，一不小心就会被别人抓住你的把柄叫你吃不了兜着走。

我这人是个直性子，喝酒也是如此，不会拐弯抹角劝别人。我总认为别人会和我一样喝好为止，因此我也在酒桌上让有些人不满，人家说你这个人不懂得喝酒之道，所以你发不了财做不了官。我说我是发不了财做不了官，因为我不懂喝酒之道，因为我只把喝酒当作喝酒，不知里面的奥妙……

看
三
维
立
体
画

最近几次上街路过邮局门口时，总能看到一群人挨挨挤挤伸长脖子在那儿看一些杂乱无章的图片。一问才知道这东西就叫三维立体画。停了车子，也挤进去，学着别人的样子盯着一张看起来，可把眼睛看得生疼，也没看出个子丑寅卯来。一位深知三维立体画之妙的朋友说，三维立体画的确是好东西，如果不会看，则只是一张乱七八糟毫无看头的图片，若掌握要领，找到感觉，细细观赏，仔细把玩，张张三维画里都有一个绝妙无比的新天地！朋友说，看三维画，要在看与不看之中，所谓看，就是说要盯住一点，不能把目光满幅画上乱扫。所谓不看，就是说盯住一点时精神又不能太集中，不能把弦儿崩得太紧总想着能马上看出什么来。而是要放松、彻底放松，把心沉下去，让眼光有些迷蒙，有人说看画中自己的影子，就是这个道理。这样，你眼中的画片开始变成似乎无边无际的底子，在底子上很立体感地浮现出各种美景来。

按着朋友的指点，我果然看出些门道来。真的，明明是一张细碎花瓣儿的画却渐渐看出里面有个美丽的圣母玛丽亚来，本来是一张杂乱无章的碎片组合，却渐渐显出一只展翅翱翔的雄鹰来。

细细一想，我们认识这个世界这个社会也是如此，庄子说，"水静犹明"。还说，"夫富者，苦身疾作，多积财而不得尽用，其为形也亦外矣。夫贵者，夜以继日，思虑善否，其为形也亦疏矣"。除掉其消极成分，对我们行事做人还是有帮助的。静下心来，活得超脱一点儿，才能更好地享受生命和生活。

残忍

　　我天生胆小，杀只鸡也是不敢的，或者说是不忍。儿时在农村，村里有一长相丑陋的单身汉，此人是屠夫。一次见他杀牛，那老牛泪眼汪汪地看着他哀叫，可他不为其所动，挽起袖子抡起大锤，朝牛的脑门砸去，一下，两下……直砸的锤把断裂，那老牛才轰然倒地。

　　我恨这个屠夫，觉得他残忍。母亲说："牛羊一刀菜，总得有人杀呀。"及长，才发现那屠夫真算不了什么，因为杀牛是他的工作。有一次看报，说某饭店有一道菜———鲜猴脑。据说此菜味道鲜美无比，具体吃法是：把一活蹦乱跳的猴子牵至饭桌下，把猴头固定在桌面中间的圆孔内，食者只需用小锤敲开猴子的天灵盖儿，就可品尝鲜嫩无比的猴脑了。我不知道在猴子的惨叫声中还能不能尝出脑汁的味道，我只是明白了人为什么被称为最残忍的动物。

　　前几天看报，惊见这样一条消息，它就发生在赤峰市巴林右旗。王某伙同白某从一牧民家的羊圈内偷出一只山羊，用刀从颈部扒皮扒开，一人拽住羊皮，另一人在后面狠打山羊一下，疼痛难忍的山羊本来就想往前跑，加之屁股被人猛击，借助前冲的惯力，一张羊皮就这样被活生生地扒下来了。

　　读罢这则新闻，让人全身起鸡皮疙瘩，我想象着那被剥了皮的羊儿光着红红的身子哀哀地叫着，真让人心疼，人之残忍到此也算"登峰造极"了。

　　残忍是一把锋利无比的刀子，它把美好与善良刺得遍体鳞伤。

活木马

　　前几天，儿子对我说，二道街有个卖木马的，那木马自己会动，还能跳舞呢！才卖两块钱。又过了几天，妻子也说，真的，太怪了，几个小木片儿组成一个小木马，没人控制，也不是电动的，也没给它上劲儿，它怎么就会跳舞呢？

　　真有这么邪乎？我于是跟儿子与妻子一起赶到那个卖木马的摊儿上，打算看个究竟。

　　卖木马的摊儿上已里三层外三层老的少的围了一群人，只见那个卖木马的稳稳地坐在一大块白布上，嘴里大喊着："小木马，赶快跳！"只见那小木马果然就跳起来，"停！"那木马就停了下来。这怎么可能呢？我见大家也同样面露疑色，但谁也看不出什么破绽。我说："我买一个，但他不跳怎么办？"卖木马的笑说："你买回去看看说明，自然就知道怎么玩了。但不要在这儿打开。"我怀着强烈的好奇心花两元钱买了一个，回家打开一看说明，嘿！真是太简单了！只是把线固定在一头的木桩上，另一头放在自己的身后，需它跳的时候，只需用手指轻轻地拨弄细线罢了。卖木马人的奥秘处在与他所坐的那块大白布，细细的白线放在那儿外人根本看不出来。就这么简单。

过了几天，我再次路过卖木马的摊位时，发现那卖木马的人已不在了，是啊，买木马的人都知道了此中的奥秘，谁还肯再上当呢？又过了几天，我去南山生态园，发现那个卖木马的正在兜售生意。围着看的人也不少。

我没有揭穿他的把戏，我觉得他也算不上什么骗子，我甚至要感谢他为人们带来这么多的惊奇。在这个高科技时代，似乎已没有几件东西能逃过科技的眼睛不失去它的神秘，什么都曝露无遗，什么都被肢解得淋漓尽致。前天，我看中央台的"艺术人生"，美国大魔术师科波菲尔说：人人都知道魔术是不真实的，但还是人人都喜欢它，我喜欢我的工作，我愿带给人们更多的纯真与美丽。

我感谢那个卖木马的人，我只花两元钱，便买回了久违的纯真与快乐。

爷爷 奶奶

火盆

　　人们可能都有这样一种感觉，看到某人某事某物，总是会常常回忆起与之相关联的人事物。比如我听到《步步高》，就会禁不住想起高中早操，那时常常听到的就是这首欢快优美的曲子。同样，想起去世的爷爷奶奶，便会自然而然地想起暖暖的火盆儿。两个老人盘腿围坐在火盆旁，叼着长长的烟管儿，蓝蓝的烟伴着咳嗽声弥漫小屋。像久沉的船儿浮出海面，如年代久远的油画拂去尘埃，如今回想起来，总是勾起我淡淡的乡愁。

　　过去的农村，尤其是有老人的人家，几乎家家的炕上都放有一个火盆儿，脸盆大小，宽宽的沿儿，口大底小。寒冷的冬天，热烘烘的火盆儿放在炕上，一看就让人暖意盈怀。

　　父亲那时在外地工作，每到周末，就常常带我到奶奶家去。冬天，一进屋，奶奶就把我抱在怀里，拉出冻得通红的小手伸向火盆儿："快烤烤火！"便嗔怪父亲："怎么不给孩子多穿点儿？"

　　小小的火盆儿在我的眼中简直就是聚宝盆，因为奶奶常像变魔术般从那里扒出烧熟的土豆或黄豆来。

爷爷晚年染上大烟瘾，常常拿个小铜锅放在火盆儿里熬大烟，爷爷哼着小调娴熟地用毛纸卷一个小漏斗把烟水过滤，然后扎到细瘦的胳膊里去。扎完大烟的爷爷兴致最高，把好多的故事讲给我听，奶奶为扎大烟的事儿常和爷爷生气，可又无可奈何。奶奶常指着爷爷对我说："长大了可别学你爷爷的样！"

爷爷去世后，奶奶独守火盆儿，常呆呆地从窗户望着远远的南山。南山上埋着我的爷爷。

奶奶去世后，那火盆也随之收了起来，大人工作小孩上学，没人在炕上守着它，而且烟灰大易脏屋子。

多年过去了，不知那陪伴爷爷奶奶一辈子的火盆儿还在否？

母亲的故事，是一首悠长而温馨的歌。

孩提时，记不清有多少个夜晚，在如豆的灯火旁，母亲一边做着针线，一边给躺在被窝里的我讲着古老的故事。"很久很久以前……"，母亲掖掖我的被角，总是这样开头，而我总是一遍又一遍地追问"后来呢，后来呢？"。常常是母亲还在讲着，我却已甜甜地进入梦乡，在母亲故事的王国里，跑啊跳啊……

伴着母亲的故事，我长大了。

长大的我，不再对母亲那几个反反复复的故事感兴趣。往往母亲刚一开头"很久很久以前"，我便捂上耳朵直喊"不要听，不要听"。没有读过书的母亲编不出更新更美的故事，只有那几个我当时看来土里土气的古老传说。

于是母亲便不再讲故事。

然而，随着年龄的增长，我越来越认识到，母亲始终在讲着一个个无言的故事。

父亲是个穷教师，整天要照顾他那五十几个学生，我们兄妹五人都在上学，因此，越来越重的生活负担全压在母亲单薄的肩上。在农村，有很多劳动，对于我们这种半工半农的家庭来说，往往要付出双倍的努力才能去完成。而这些，母亲都一人默默地承担下来。

母亲和中国千百万个劳动妇女一样，一生默默无闻，但她们的那种勤劳，她们的那种对儿女无私的爱，谁说不是一种伟大？

记得有一次，家里正在盖房子。人已累得连话都懒得说，可是傍晚时却不见了两头大猪。要知道那时日子过得艰苦的农村，两头一瓢汤一把糠喂起来的肥猪意味着什么。我们全家分头在村子里找啊叫啊，可还是没有找到。母亲的嗓子都喊哑了，猪是母亲喂大的，这个损失对母亲的打击比别人要大得多，但母亲还是硬撑着做晚饭，反而劝我们不要着急。

这几年在外求学，然后是工作，一年难得回家一次，每次回家，都觉得变化特别大，母亲向我讲述着村里的变化，唯独没有讲到她自己。其实每次回来，我都惊讶母亲苍老的速度之快！快得让人心酸，让我感慨万千！夜深人静时，躺在家里热炕上，我常常为母亲的勤劳、母亲的毅力、母亲对儿女无私的爱而感动。

母亲这无言的故事，将伴随我的一生，也将激励我的一生！

高高的看台

　　我的故乡在农村，过去的农村娱乐是少得可怜的。因此，在收成好的年头，正月里，乡里都要请戏班子来唱上几天的大戏，这也便成了故乡人最兴奋的日子。

　　戏台一般就搭在乡政府门前的大空地上，很简陋，寒风吹得搭戏棚的帆布扑啦啦直响。

　　奶奶八十四岁那年正月，乡里又唱大戏，请的是天津一个有名的评剧团。当时奶奶身体很不好，但奶奶是个戏迷，那样的年龄，那样的身体，谁知还能看上几场戏呢？于是父亲他们老哥几个商量，决定用小车推奶奶去看戏。

　　开戏的第一天，一大早，我们兄弟几个就去占好了位置。戏快开的时候，父亲和叔叔他们便背着奶奶来到了戏场。记得那天唱的是《铡美案》。当时真是人山人海。因为大露天地里，根本没什么秩序可言。我们围在奶奶周围，像保镖般，心里捏着一把汗，真怕那人群如山一般倒过来。果不出所料，当戏演到高潮即包公铡美时，人们都想看看到底是咋个铡法，于是人群又骚动起来，如海浪般滚滚涌来。父亲赶忙把奶奶抱了起来，我们站在周围，形成一个人墙，拚力抵挡这股股"人浪"。四周不时传来孩子的哭声和妇人的尖声叫骂，我们真是怕极了！如果我们倒下去，后果是可想而知的。好不容易才"杀"出重围，我们都出了一身冷汗。奶奶说："唉，人老了可真没用了，下回不来了。"

可父亲他们实在不想叫奶奶失望。中午，他们来不及吃饭，从家里扛来木杆儿拿来绳子，忙碌起来。等戏开始时，看戏的人们便看到靠近戏台的边上，搭起一个高高的看台来。

奶奶于是便坐在那看台上看起戏来，再也不受拥挤之扰。人们看见那看台特别羡慕，同时夸赞老太太有福气，有这么孝顺的儿子。

奶奶于第二年的正月十一去世。父亲叔叔们没有叫奶奶带着一点遗憾离去，吃穿用，包括那最后的一次看戏。

奶奶共生养父亲他们兄弟姐妹九人，他们的孝道，在村子及方圆几里都是闻名的。我始终对父亲他们的这种美德感到敬佩。而那高高的看台，也如旗帜般，永远立在我的心中。

老房子

年前的一天，父亲从老家打来电话告诉我：过了年，正月十七扒老房子。

扒老房盖新房，给小弟娶亲，这都是我早知道的。可听说即将扒掉老房子时，我还是禁不住心起波澜。

1976年，我们举家迁回老家热水。那时日子非常艰苦，全家只靠父亲三十多元的薪水生活，要盖房，谈何容易？可总的有个窝呀。靠着亲戚们的帮助，房子总算盖起来了。木料是人家拆房用过的木料；四壁，是我们一锹一锹从沼泽地挖回来的草坯子。房子虽简陋，但毕竟有了自己的家。一晃二十多年过去了，我们兄妹五人相继长大成人，从这个窝里飞向四面八方。如今，连最小的弟弟也要娶妻生子成家立业了。

腊月二十，我带着儿子回到了老家。一是看望父母，二是向老房子告别。

放下背包，我围着老房子久久地端详着，真的，我好象从没有这么认真地看过老房子，这座为我遮风挡雨的老房子。它真的老了：斑驳的墙壁、残缺的灰瓦，砖瓦间偶见衰草在寒风中颤抖。因为要扒，父亲也没有打扫房间，愈使老房现出破落之相。夜里，听着从墙缝儿与老鼠洞吹进来的风声，我无法入眠。忽然，我听见母亲在睡梦中喉咙里发出的怪怪的声音，如拉破旧的风箱。这时，父亲也频频地咳了起来。唉，如同这房子一样，父母也老了。我知道，如同完成"使命"的老房子一样，随着老房子的被扒，父母也将开始另外一种生活，他们也将同其他老人一样，不再做房子的主人，他们将由儿女伺候着颐养天年。对我们来说，从前那个共同的"家"已经不同以往，或者说已经不复存在。

新旧更替是自然规律，生活正向更好更高发展，应当高兴。我这样安慰自己。可我早晨起来告别老房子时，泪水还是不听话地流了出来。

哦，老房子，承载了甜酸苦辣的老房子，保存了我多少成长记忆的老房子，见证了我家发展历程的老房子啊！

走出好远，我发现正在变老的双亲还站在门口向我这边张望，身后，就是那座即将扒掉的老房子……

回忆在罕中的日子

离开罕中（宁城县八里罕中学）已35年了，回想起在罕中的日子，还有许多人和事在脑海中鲜活地保存着，促使我用笔将它们一一记录下来。这毕竟也是我成长中重要的一段。

"八里罕中学，对我来说一切都是新的。我和同学们个个像小鸟儿一样飞进了这个天地，东瞅瞅，西望望：一排排粗壮的白杨，一幢幢新而明亮的教室……，在这里，我们又结识了新的伙伴，认识了新的老师，总之，一切都是一个'新'字"……

这是我初到罕中时写的日记，文字虽稚嫩，但反映了我愉快的心情。

但这种愉快的心情不久便被学习的紧张及许多不可名状的压力所代替，再加上青春期所共有的各种不可言说的烦恼。我的弱项数理化如三条绳索在高一时缠得我透不过气来。好在高二时便分科了，我毫不犹豫地选择了文科，但成绩并不很理想。没别的办法，学。那时罕中的学习风气特别浓厚，这在全县的所有高中中都是数一数二的。八里罕，这座在抗战中知名的边陲小镇，这座现在以宁城老窖而闻名的塞外小城，孕育出一所在全县全市乃至全国也小有名气的中学，它的成绩是骄人的。

我们在充满酒香气的小镇上苦苦攻读着，丝毫不敢懈怠。尤其是到了高三，学习的紧张程度更是无法形容。晚自习过后，学校为了使学生回寝室休息，便开始断电。可你看吧，电一断，教室里马上一片烛光！于是值班室老头便常常用一根铁棍把一支支蜡烛敲灭，撵用功的学生回去睡觉。但总有一些学生想尽办法学到深夜甚至凌晨，常常，早起的学生在教室能与晚走的学生相遇！

虽如此用功，但我第一年还是以二分之差而未能到大学深造，这对我打击很大。在家人及亲友的劝说下，我又来到罕中复习，经过一年的拼搏，我终以全校文科第一的成绩考入内大。

这学习的压力使我终生难忘，它在我的心里深处留下了深深的烙印，以致这么多年来，我还常常梦见在罕中读书的日子，有时还常常因假期结束而返不了校而着急万分，或是考上了学似乎又重新考试而卷面模糊什么也看不清，梦往往在这急窘中惊醒。在罕中的生活是很清苦的，只是因年轻而轻易地挺过来了。记得那时一日三餐基本是小米饭。早晨是小米粥加一块凉豆腐，中午多是小米干饭，菜呢，又多为清炖豆腐，晚饭也基本是小米干饭，菜多为炖白菜。一礼拜只有一天中午改善伙食，是馒头或大米饭。那几年的豆腐吃的我痛苦不堪，以致现如今对豆腐再也不感兴趣。

如果说这样的饭菜能顺利地吃上，那也就无话可说。谁知每次打饭如同上战场一般，不经一番厮杀想吃上饭谈何容易。挤挤挤，拥拥拥，学校还为此特设一个管理人员，但收效甚微。时常可见一些学生因为不服管理而与管理人员相互叫骂甚而大打出手。

等拼死拼活挤出这顿饭来，饭盒里的饭往往所剩无几。若是早上就更好看了，人人身上都有"战利品"：一身的小米粥。我还记得一个冬天的早上，一学生不知为何将一盆小米粥扣在一大师傅的头上，那师傅恼羞成怒追了出来，可他哪里还能寻到那学生的影子？结果一头的小米粥结成小冰块，远远望去似戴了一头小黄花！

再说住，那时我们住大通铺，一个宿舍１４个人，一个铺上７个人。那时我们的宿舍还没有暖气，冬天只能生炉子。想想那时，大冷天的。上完晚自习还得回宿舍生炉子，可真不容易。记得那时学校分给各宿舍的煤也是有限的，每天晚上把炉子生好趁着热乎钻进被窝睡觉。一炉子的煤燃尽想再续上，对不起，煤没了。有一次大家冻得难受，不知谁提议："咱们何不去偷点儿煤呢？"这一提议得到大家响应。于是一宿舍十几个人便各自分了工，站岗的站岗，抬煤的抬煤，藏煤的藏煤（我们的大通铺下是空的，有多少煤装不开呢？）。记得那天可真偷了不少。还差最后几块煤未装进大通铺时，不知谁悄悄地喊了一声："值班的老陈来了！"老陈是专管后勤的，人很厉害。侯德鹏是我们宿舍也是我们班最高的，他急中生智，利用他高大的身躯把陈师傅挡在门外，使其无法看到屋内的情况。陈说："半夜三更的，不睡觉干什么？快睡吧！"说完又抻着脖子向屋里看了几眼，但侯的身体太高了，他始终也未发现什么，怏怏地走了。我们看着彼此黑乎乎的脸哈哈大笑起来……

这只是那时艰苦岁月的小插曲，现今都成了怀念。那时的日子虽苦些，但我们毕竟太年轻了，什么苦日子过不去呢？年轻人永远有属于自己的快乐啊！

罕中是名校，因为她的让人羡慕的成绩和悠久的良好的传承，而这些都离不开那些孜孜以求的老师们。我永远不会忘记声情并茂朗诵《荷塘月色》的安老师，讲课爱用口头语"因此呢"的历史老师陈老师，边讲课边不不停地翻转黑板擦的郭老师，爱抽自卷大旱烟卷的马老师，爱听学生讲鬼故事、青春勃发的班主任付老师……更让我难忘的是教我们数学的校长张晓旭老师。

是 2000 年吧？我忽听有人说张晓旭去世了，当时心里一惊：不可能吧？过了几天，只见《赤峰日报》上登出一篇署名项晓晖的一篇长篇通讯，是记述张晓旭一生的。得到证实后，我感到很痛心，也很惋惜，这么好的老师，这么好的校长，竟这么早就走了。他应当还不到六十吧？

张晓旭可以说是罕中最受人尊敬、最敬业、教学成绩也最突出的一个。

1987 年，我以二分之差名落孙山。罕中把我们这些与大学只差一步或几步之遥的"大学漏子"召集在一起，与应届的一些可造之材组成一个班，重点打造。学校为此费了不少心血，特从县教研室请来三位高手，分别教我们历史、地理、政治，而数学，就由罕中的副校长、资深教师张晓旭亲自上马。

张晓旭老师那时应还不到五十吧？记得他经常穿一身蓝色中山装，手中总爱夹一支粗粗的旱烟卷儿。我们常常能闻到浓浓的旱烟味儿，不用抬头，就知道是张校长来了。他的声音憨厚而略带沙哑，眼睛不大但很有神。虽为一校之长，但行动做事朴实无华，倒更像个农民。我永远忘不了他上课时那种卖力与投入。说他讲课不如说他在"喊课"，因为整堂课他都不停地在喊。我们劝他："张校长，你不必那么喊，我们能听见。"他说："习惯了。"我常见他边讲课边掏出手绢来擦汗，遇到难点重点，他就不厌其烦地讲了一遍又一遍，并着急地问："明白吗？懂不懂？"同学们便喊："懂了！""真懂假懂？""真懂了！"他这才放下心来。汗水，又一次流了下来……这种对学生的无私之爱之切，让我难忘，并从内心感激不已。

据说张老师死于肺癌，我想这与他的工作太投入太劳累有关，他太爱他的工作了，他太爱他的学生了！他用汗水培育了多少莘莘学子，已无法来统计了。

如今，罕中校园依然是书声朗朗，但老校长那匆匆的脚步声与憨厚高昂略带沙哑的声音永远地消失了，那人们熟悉的浓浓的旱烟味儿与流着汗水的慈祥的面孔也早已逝去，可是，老校长，你的汗水已化作满天下的桃李芬芳，我想他们无论在天涯还是在海角，心中永远留着你亲切的面容，对你的爱永不改变。你应含笑九泉了。

35个春秋倏忽而过，但难以忘记罕中，那是一段飘扬着年轻气息、流淌着青春汗水的努力拼搏的日子，感谢罕中，让我们挥发青春的朝气，留下一段段青涩的诗行，铺好了前进的道路，指明了未来的方向⋯⋯⋯⋯

毕业

真的，你始终不敢相信，大学四年真的就要结束了吗？

摸摸坐了四年的桌椅，你又想起入学时坐在这里四处张望一副天真的模样，想起你坐在这儿苦思冥想的情景；想起与同桌为一个论题争得面红耳赤的情景。想起你摇头晃脑背诵古诗的情景；走过林荫小路，漫步在教学楼后面的小花园，坐在你常坐的长椅上，想起读书时的情景，就是在这里，你读了多少名著啊！四周静静的，椅子后的柳树正好遮住火热的太阳。你静静地坐在这儿，望着眼前的花坛，一只白色的蝴蝶正伏在花瓣儿上歇息......你拿起书，还想同以前一样读上几页，可你无论如何也读不下去，于是便站起来，向图书馆走去，向人工湖走去，你想把一草一木都摄入眼帘，印到脑海里去。因为再过几天，你将远离这个朝夕相处的大学校园了。

回到宿舍，已是一片狼藉，同学们有的在捆绑行李，有的在整理书籍，你心中涌上一种凄凉之感。同屋的小李从女生那儿抱回一摞毕业留言册，你赶快抽回自己的那本，你急速地翻看着，你以为她不可能给你写留言，她"追"你"追"了三年可你始终不理不睬，你想她肯定恨你一辈子，可你错了，她不但写了，而且写了整整两大页。满页的祝福叫你泪流满面。是啊，在这即将分离的时候，什么样的矛盾都会变得微不足道了。

耳边回想着曾是唱给别人的《毕业歌》，手捧大红的毕业证书，你揉揉发红的眼睛，心里说：毕业了，真的毕业了！

你走时没有通知别人，你怕见那种让人心碎的分手场面。可你赶到车站时，依然看见那么多同学站在月台上等你！你说让咱们笑着分手吧，谁也别哭，你说但愿在咱们都没变老时再相见.....你知道自己再也控制不住自己的眼泪，于是你扭身钻入车厢，再也不敢瞅那些曾朝夕相处的同伴们仰望你的泪眼，不敢迎那伸出的双手，你背向他们，禁不住泪雨纷飞！直到火车开走时，你才敢回头，可哪里还有那些熟悉的面孔？

"那时的天空很蓝，日子总过得很慢，你总说毕业遥遥无期，转眼就各奔东西。"

毕业纪念册：美丽而忧伤

我从不敢随意打开这本蓝色的大学毕业纪念册，那段美丽浪漫的日子是离我越来越远了。如今，我与我的同学大多已是人父人母，青春渐逝，人到中年，在纷繁复杂的社会中摸爬滚打的我们，能保持当年那份朝气、那份浪漫、那份纯真、那份执著的，如今还有几人？

毕业纪念册，带给我美丽的回忆，也带给我丝丝的忧伤......

"如果来呼市，一定要坐飞机，这样我就会先看到你。"这是我们班长郝文彬的留言。他是那种外表看似冷漠但内心十分火热，待人非常热情的人。记得刚入学时，由于行李未到，我只有和衣躺在木板床上，他见状便不由分说地从自己的床上扯下一条毛毯为我铺上。初来乍到，人地两生，这件小事，为我们的友谊打下了坚实的基础。后来的日子也确实证明了我俩有"缘分"：一个宿舍，在一个单位实习，一个论文指导老师......郝文彬是个各方面都很优秀的人，父亲的早逝也让他过早地成熟起来。毕业后，他分在了国航内蒙分公司，在单位他也是很出色的，现在已是骨干。赤峰的上空，常有飞机飞过，我便常常想，没准郝就在上面呢。

"有一次考试，咱们有一道题都不会，但都没敢作弊。他日在生活的考场上，我还不敢作弊，只有勤奋耕耘而已；你也不会作弊，定会努力奋斗的，是不是？"小崔的留言与她本人一样朴实无华。她从包头来，没有一点娇小姐的味道，生活朴素待人厚道，学习也很刻苦。同桌两年，她给我留下了很好的印象。毕业后，她分到了内蒙古电台。听收音机，常常听到她采写的新闻，文笔如她的为人一样——朴实无华。小崔如今已是电台新闻部的主任了。前年她外出来赤峰，我们几个老同学见了面，小崔已出落得更加落落大方，也更加老练了。酒也很能喝，她跟每人碰了一杯，却脸不变色心不跳。真不是以前那个小崔了。

翻看着纪念册，一个个鲜活的面孔，一串串或美丽或忧伤的故事，如沉船渐渐浮出静寂的海面般，都从记忆中走出来。十几年了，我的大学同学们，你们还好吗？

阳春三月

　　阳春三月，听起来就让人心情舒畅。虽然在北方三月还不能算是真正的春天，冰未全融，草未泛绿，花没开放，可我们分明感觉到了春的气息，似乎听到了春向我们走来的脚步声了：风不再那么凉，地不再那么硬了，再细看看那杨柳的枝条，已款款地泛绿了。

　　回想起遥远的家乡：每到阳春三月，家家都打开关了一冬的窗子，春风伴着暖暖的阳光充溢了沉闷一冬的小屋，叫人舒服极了，母亲开始把栽在盆里的葱端了出去，原来只是黄弱的葱芽儿，见到久违的阳光，便疯了似的长了起来，十几天的工夫，就是绿绿的满满的一盆了。孩子们这时再也不愿穿那厚厚的棉衣了，他们如挣脱绳索般脱下棉衣，像群小野马驹子般在田野上撒起欢儿来。风柔柔的，飘飘的，阳光暖暖的，亮亮的，天空蓝蓝的，高高的。

　　一年之际在于春，阳春三月，叔叔大爷们聚在一起，抽着呛人的旱烟，商量着该怎样种地了。性急的人家已开始浇地了，清清的河水在薄薄的冰碴儿下欢快地流着，久旱的土地"咕咕"地喝着水，我们可以嗅到泥土的芳香。

春田是始发站，村里年轻的小伙子大姑娘们，登上春天这列火车，去外地打工挣钱，去寻找自己的梦了。

　　阳春三月，远离家乡在这个城市工作的我，坐在宽敞明亮的办公室里，写着赞美阳春三月的句子，思考着在这新的一年的画布上，如何画好第一笔……

无事的时候，总爱翻翻书箱，整理一番。

那时没有自己的家，没有书橱，积攒的书，便放在一个大纸箱里，放在单身宿舍的床下。

翻书箱，并不一定是为了找书读，只是整理一下，但美好的享受就在这整理之中了。

真庆幸自己有这个藏书的嗜好，从小到大的书，无论是自己从书店买的，还是发的教科书，都保存在这大大的木箱中。过去的书有的早已泛黄，看着它们，禁不住感慨时光流逝之快，摩挲着发黄的封面，似乎还能感觉到当时的我的体温，与之有关的人与事，也便如沉海之船，渐渐浮出海面。

一本本地整理着，一幕一幕地回忆着，似乎过去的生活几乎都能用书连缀起来。有的跌宕起伏，有的平淡如水，有的让人兴奋有的让人感伤，有的让人甜蜜有的让人心酸……

整理一遍书箱，就是重温一变过去的生活。整理一遍书箱，就是梳理一遍心情。打扫灰尘，晒晒太阳，别让书发霉，别让心情发霉，剔除沮丧，保留快乐，迎接以后的日子。

小人书

　　我的童年乃至少年时代，雨小人书是有着不解之缘的。毫不夸张的说，是一本本小人书坐了阶梯，一步步引我与"文"结了缘。我小学与初中阶段，只有语文成绩最突出，高中便毫不犹豫地选择了文科；大学自然而然地上了中文系，毕业后又做了厂报编辑，现如今又作了晚报编辑，若不出意外，也许一生与文共舞了。这样看来，小人书真可算是我的启蒙老师了。

　　小时家里困难，但我还是买了许多小人书。大的小的薄的厚的满满一纸箱。在村里小伙伴中可真是"首富"了。我也常常引以自豪。儿时的伙伴现在已长大成人，其中不乏一些佼佼者，在他们儿时的记忆中，是否还有我那些给过他们启蒙的小人书呢？

　　一本小人书，就是一个丰富多彩的世界，它是我儿时感知世界的窗口，它图文并茂老少皆宜。如何利用几十页的图画讲好一个故事，如何用简洁明了而又不失生动的文字配好每页的图画，还是很要功夫与水平的。大人们可以翻翻它，看看它是如何图文恰当的配置的，它与电视画面和解说词的配置基本一致。也可以看看其中的绘画。我记得我所存的小人书中，像《小兵张嘎》、《鸡毛信》、《岳飞传》系列等，绘画都是特别漂亮的。真可以说，一本好的小人书就是多种艺术的集大成者。

现在，我那积攒多年的"宝贝"，经过弟弟妹妹乃至侄儿侄女的手后，已是所剩无几，"劫后余生"的几本也是残章断页面目全非了。现在，漫步书摊书店，已很难再见到小人书了，代之而来的是包装精美印刷考究价格昂贵的礼品书、连环画。现在的孩子似乎对小人书已不感兴趣了，捧着小人书忘了吃饭的情景也是过去的事了。现在的孩子有写不完的作业练不完的钢琴补不完的课，偶有空闲，也是连书包都来不及放下就直奔电子游戏机或网吧，或陷入沙发看没完没了的电视……或许这不是孩子的过错；看一看，还有谁愿意为孩子做这既费神又不赚钱的买卖呢？

霜花

不知为什么，忽然就想起了霜花———挂在玻璃上的霜花。

小时候，家里清贫，一到冬天，屋里屋外几乎一样寒冷，捂着厚厚的棉被还不能抵挡无孔不入的寒流。瑟瑟发抖地听着寒风呼啸，久久不能入睡。

清晨，一窗的霜花便盛开了。

我始终对造化的神奇感到惊讶，比如这挂在窗玻璃上的霜花，何以能有那么美丽逼真的图画呢？

那时农村的窗户几乎是一个模式：上下两扇，上扇用白纸糊起，能落能掀，下扇一般固定，镶有玻璃，三大块玻璃就形成三个霜花的世界。

霜花的世界真是丰富多彩，有的峰峦叠嶂，有的花团锦簇，还有热带雨林风光呢！再细看，似乎还有人在山中浏览，在林中采蘑菇呢！

我常想，这美妙的霜花世界，是不是矗立于冬天的"海市蜃楼"呢？

冬天的清晨，捂了一夜的被窝暖乎乎的，实在不愿穿那冰凉的衣服，于是趁妈妈在外屋做饭的工夫，我便去那霜花的世界"遨游"，直到母亲做好饭喊我起来时，才恋恋不舍地从那美妙的世界回来。饭菜的热气弥漫小屋，不一会儿，那霜花世界便消失了，新的一天的阳光又射进来，照在炕头边的墙上。

我童年冬天的清晨，似乎大多就在这霜花世界的遨游中度过了。它带给我许多美好的幻想，它激发了我的想象力。

上学工作，我也早已住进钢筋水泥围起的城市，四季如夏的居室双层的大玻璃，早已拒绝了霜花的光顾，因此无缘与之见面了。常常，清晨起来，睁大眼睛看着一贫如洗的玻璃，便又想起了那充满童趣的霜花世界。

钓鱼

钓鱼可是个需要耐心的活儿，急性子钓不了鱼。"呜———"，长长的线甩出去了，没等鱼漂立稳呢，便迫不及待地收杆，结果往往是白给鱼喂食。

真正的钓者决不会打一枪换个地方，立在水边心急火燎地等，他们必夹了板凳儿，找准一个地方，坐下来，"嗖———"，极潇洒地把线往空中一抛，那线在空中划了一个优美的弧后，便针一般稳稳地扎到水中，等鱼漂立稳后，便眼盯着它耐心地等，等那鱼漂猛地一沉时，则迅速地提杆，常常，一条大鱼就到手了。

钓鱼须有钓不到也不急不躁的心理准备，真正的钓家常常带上饮料咸菜面包长驻"沙家浜"，一坐就是一天，有时收获甚微，但要的就是个中乐趣，钓得钓不得，不太重要。如果拿起鱼杆走在路上就心存必钓到几条大鱼，准备中午做下酒菜的念头，那我劝你趁早打道回府，你想那鱼也是个生灵呢，它怎么就那么轻易满足你的愿望呢？当然，偶尔也有例外，有一次到草原去玩儿，有个水泡子，鱼不少，我没钓过鱼，见别人都钓，手痒，于是也煞有介事地借来一杆试试，谁想不一会儿竟钓上两三条大鱼来，旁边的钓者见状，不屑地向我翻了翻白眼。

我也明白我这是"瞎猫碰了死耗子"罢了，是为钓家所不齿的。其实，人生活在社会上，有许多的做人行事，跟这钓鱼有很多相似之处，你说是不是？

玩冰车

又是冰封大地的时候，我想起了童年最开心最热闹的游戏——玩冰车。

"冰车"这个词几乎可说是农村孩子的"专利"。

冰车是农村孩子用于冰上游戏的工具，制作很简单：找块木板，在木板的一面两边各钉一块厚些的木条，再在木条上各钉一根铁丝。找两根短粗的木棍做冰锥，在一头钉上坚硬的铁丝，这样冰车便告完成。

场地便是村前那条小河了。正值寒冬，冰已冻得结结实实，且光洁如镜，远远望去，如一条弯弯曲曲的白纱。

下午一放学，伙伴们纷纷跑回家，书包一扔，匆匆扒上几口饭，便拿起冰车相互召唤着，小鸟般地跑向小河套。尽管寒风刺骨，但一想到马上就要进行的游戏，再冷也不能阻止我们了！

盘腿坐在冰车上，一手一只冰锥，"嚓！"双臂用力一捣，冰车便如离弦之箭，刷地向前滑去。如果双臂用力，冰锥再长些，只一捣，冰车就能滑出几十米呢！

"嚓嚓嚓"、"唰唰唰"，冰锥刺冰声，冰车与冰的摩擦声，伙伴的喊叫声，汇成一支欢快的歌，在河套的上空回响。寒冷凝固的空气似乎也有了活力有了暖意。冰车飞快地行驶着，两岸的石头与树木纷纷向后退去，寒风呼呼地吹过脸颊。这玩冰车也不亚于赛车，也充满了惊险与刺激！河道弯弯曲曲，若要顺利滑行则必须掌握好方向，还得躲开不时出现的石块。伙伴们个个都是冰上好手，双手挥动冰锥，如同手握方向盘，运转自如，好不潇洒！技艺更绝的则能在滑行中站在冰车上行驶一段呢！

天黑了，村里已是万家灯火，伙伴们纷纷拿起冰车用冰锥一挑扛在肩上，如凯旋的将军。大汗被冷风吹干，浑身舒畅。到了村里，大家相约明天冰上见！夜里睡觉，还常梦见在冰上飞快地滑行呢！

现在农村的孩子也很少有玩冰车的了。不只是冰车，其他一些以前常见的游戏也少了。走在村头巷尾，很少见到几个孩子，也许他们都在家里用功吧？也许是在看那没完没了的电视吧？

其实，有些游戏，比如这玩冰车，对孩子的成长是有益的。别那么怕冷，扛起冰车，走出小"窝窝"，到冰天雪地里撒个欢儿吧，孩子们！

挖野菜去

我对野菜，是怀有很深的感情的。每到春天来临的日子，总是心潮涌动，想拿起铲子，挎上篮子，踩着松软的泥土，去挖一次野菜。

野菜，星星般点缀在故乡土地上的野菜，你记载着我童年时代的喜怒哀乐，寄托着我童年时的梦幻，你更是一条连接父子感情的纽带！

想来当时只有七八岁的光景，那时日子过得非常清苦。母亲有病不能到队上劳动，父亲是个穷教师，要养活一家五口人。那时队上多种玉米，因为玉米最包打最稳产，而谷子麦子则很少种，因为产量低。所以喂猪糠也没有，没办法，只能弄点儿玉米秸碾成渣子来喂，另外，就是挖野菜。

于是，整个春天夏天，挖野菜便成了我和父亲的功课。

每天放学后，父亲就骑着自行车带我到几里以外的田地里去挖野菜。父亲是个很会生活的人，艰苦的生活环境中总能找到很多生活的乐趣。他带我挖野菜时，总是边挖边讲许多故事。天太热的时候，便到树荫下跟我玩儿"抓石子"。父亲极有耐心，他总能不辞辛苦地从沙滩上检来雪白的石块，细心地把它们磨成圆圆的石球。现在想来，父亲之所以如此，还不是对我的疼爱！

父亲还能编出很好的蝈蝈笼子。笼子是用细细的、光滑的、绿绿的高粱秆儿编成的，蝈蝈在里面跳来蹦去的，回到家，摘一片带着露水的黄色瓜花放进去，真是漂亮极了！经过精心照顾，每每到了深秋，冬瓜的皮上覆了一层霜的时候，你还能从我家听到蝈蝈那悦耳的叫声呢！

挖野菜，虽有些乐趣，但更多的是劳苦，是被生活所逼的无奈。

挖野菜，要经风吹日晒，弯着腰在地里钻来钻去，手被菜汁弄得脏脏的，庄稼的叶子划在汗流满面的脸上，火辣辣生疼。

夏天的天气如孩子的脸，说变就变。有一次，我们正挖着野菜，突然黑云压顶，旋即暴雨骤降。父亲赶忙拿出一块塑料布盖在头上，把我搂在怀里。风夹杂着暴雨和冰雹一起在大地上施展淫威。我透过塑料布，只看到白茫茫一片，雨点和冰雹砸得塑料布"叭叭"直响。大约过了半个小时，雨停日出，父亲掀掉塑料布，拉我站起来，我从头到脚滴水未粘，可父亲的背都湿透了。我依着父亲，站在这被雨水冲的沟壑纵横、积水遍地的田野上，许久说不出话来，阵阵凉风吹来，浑身冷得发抖……

我忽然想到了菜，便叫了一声"菜！"可哪里还有什么菜的影子？早被洪水冲走了！

二十多年过去了，风雨中父子相依在荒凉的田野之中的情景，仍常在脑海中浮现，每每使我对往昔生活的艰辛慨叹不已，对深深的父爱感动不已……

也许是代沟的原因，大多数父子关系随着时间的推移，好像都要产生一点隔膜。这些年在外求学工作，一年难得回家一次，除了几句生活上的询问，我与父亲常常是相对无言。

又是春天。有一天，我和父亲默默地看着无聊的电视，心里觉得因无话可说而烦闷，我想父亲一定也有同感。我灵机一动，轻轻地说："爸爸，我们挖野菜去？"

"挖野菜？"年过花甲的父亲开始很不解，但马上会意地笑了，我清楚地看到，父亲眼角上挂着泪花。

于是，儿子骑自行车，带着父亲，走在春风拂面的路上，那条以往多次走过的路上。

马票

连马晓自己也不知道，这三个字咋就从嘴里稀里糊涂地冒出来。

三个字就像滚雷，轰隆隆从老坟地上空滚过，把跪在坟前送葬的人们全给镇住了！几秒钟的功夫，大家才缓过劲儿来，知道发生了什么。那死者至亲的人，脸上就有些挂不住，朝马晓投去怨恨的眼光，就像一支支利剑，把马晓刺得体无完肤。那些远些的亲戚，开始绷着，后来就绷不住，笑出声来。

马晓是写、念马票的老手了，十多年了，村里每有丧事，都请他到送葬的坟地上念马票。

中华人民共和国 xx 省 xx 县 xx 乡 xx 村　张炮，农历公元 xx 年 xx 月 xx 日仙逝。亡人一生勤劳持家，抚儿育女，为人善良。为报答慈父养育之恩，有孝子、孝女出银钱若干万两，为其购买耕牛一头，马车一套……上述物品均属亡人一人所有，他人不得侵夺。敬请冥府对亡人财产予以保护。如有强神、恶鬼、不法者抢夺霸占，请冥府有关部门及时严厉遣责拘押，交酆都城问罪。幽冥有凭，立票为证。……

这是马晓念的马票，可是，他念的不是"张炮"，鬼使神差，他竟然念成了"蓝贤"！

蓝贤是村支书，就在他的身旁帮他抻着拍马票呢。

"没事儿，没事儿。"支书拍了拍他的肩膀。

没事儿？能没事儿吗？得罪了支书……

"混蛋！"马晓在心里直骂自己。恨不能找个地缝钻进去！

年三十

大年三十上午，接近吃午饭了，老太太还坐在车上，从始发站，老太太就上了车，这都要到终点了，老太太也没有要下车的意思。

"大过年的，这老太太到哪里去呢？"司机师傅很纳闷。

到终点了，老太太还坐在那里，就说是有老年卡不掏钱吧，也没有到站不下车的啊。司机糊涂了，就说，老太太，下车了，到终点了。

老太太才不情愿地慢慢往车门那里挪，还说，司机师傅，你大过年的也不休息？

正赶上值班，没办法，这不是，带着饺子呢，在站上热热吃一口。

我看也没有人坐车，就不能停一天？大过年的。

不能呢，老太太，这是公司制度。

司机师傅，我也没地方去，孤身一个，在家呆着也没意思。

老太太，过年了，孩子们都不回来吗？老伴儿呢？

老伴早就走了，孩子，唉，别提了。老太太眼睛湿润了：三十岁那年，好不容易怀了一个孩子，临生了，咋也生不出来，赶紧去医院，发现脐带缠在一起在脖子上！孩子窒息死了。你说，我咋这么倒霉？这样的稀奇事让我摊上了！再也没怀上孩子……

司机师傅听了，一时默默无语。

老太太说，下午还是你的班？

是啊，一天呢。

那我下午还坐你的车，反正回去冰冷冷的屋子也没意思，大娘陪你唠唠嗑，也挺好……

就这样，一个司机，一个乘客，转了一天，过了一个特殊的除夕。

快乐一夏

我们村有一个姓夏的，乐天派，没有愁时候。

这几天，刚到初伏，天就热得不像话了。晚上，热得睡不着，再加上蚊子骚扰，真的是坐卧不宁，都后半夜了，还没睡着。忽听到外面有人小声哼歌。出，见到夏，月光下，就见他正在街上来回潇洒奔走，边走边用双手上下左右拍打蚊子。嘴里还哼着流行歌呢。问，说：屋里热得难受，不如出来凉快，以动制静，蚊子奈何我得？与其憋在屋里睡不着，不如享受清凉月光凉风啊，这不是很快乐嘛。

夏还告诉我一个法子，酷暑天屋里不是热吗？就专门到太阳地暴晒一会儿，然后再回到屋子里，就一下子觉得凉快许多！

这个夏，你别说，也有他的道理！

夏妻子久病不治去世，夏也没过度忧伤，过了没几天，和往常一样，下河去抓小鱼了，他说，人死如灯灭，你愁她也回不来了，莫不如好好活着，这样她在地下也放心了。

夏今年七十有五了，还像个孩子，完全不像一个七十多岁的老人的样子。他家的小院子，除了种些够吃的蔬菜，其余地方都种花，全村子，就属他家热闹，像一个花园，村人夏天没事儿，都愿意到他家院子里赏花唠嗑。夏就给大家倒茶倒水伺候，听到高兴处也嘿嘿地乐。

夏就这样，他始终快乐着，也让大家快乐着，我觉得挺好。

岳母来了

岳母今年七十有三，可身板还是那么直，脚步还是那么快。

岳母很少到我家来，原因只有一个，耐不住寂寞。岳母是个勤快人，爱劳动，这是自小就形成的习惯，年轻的时候就是家里的主要劳动力，一担百斤的柴禾，从山上挑到山下，不换肩，不歇脚，健步如飞。去年还帮儿子到地里收庄稼呢。

可岳母前一阵得了胃病，所以因要到城里大医院治病才到我家住了一个月。病情稍缓的岳母又闲不住了，经过再三要求，我们只同意她为我们焖焖米饭，炒菜不行，怕她使不好煤气，危险。除了做饭外，岳母还为我们做了几副鞋垫，还绣了花呢！儿子说："姥姥真巧，还会绣花！"岳母说："什么花呀，远看像个花，近看是个疤。"还挺谦虚。

俗话说：老小孩，小小孩。这话一点不假，岳母这一阵儿就同儿子打得火热，在儿子的指导下，岳母也认真地玩起了儿子的玩具。有时犯了错，还双手一捂脸，如少女般害羞起来。晚上祖孙俩睡在一张大床上，常常唧唧咕咕说到很晚。儿子会讲故事，常常把岳母笑得喘不过气来，儿子这时就会大笑道："姥姥喘不过气来了！"

胃病好了以后，岳母坚持要走。走的前一天，我们陪她去逛了一趟植物园，嗬，老太太如刘姥姥进了大观园，高兴不已，玩儿性极高。什么都敢去试一试玩一玩。七十多岁的人了，玩起来比我们毫不逊色。走铁索桥，双手稍稍一扶便轻松地走了过去！而我们走起来还哆嗦不已呢，慢如蜗牛。岳母还不顾我们的反对勇敢地从滑梯上滑行了一次，让人佩服不已。这时的岳母红光满面，身手灵活，真的似乎回到了少女时代。看着老人那快活的身影，我与妻子的脸上写满了自豪与幸福。真的，老人的健康就是儿女的福份啊！

　　可不管怎么说，岳母毕竟是七十三岁的人了，走的那天，岳母哭了，说："不知还能不能再来？"我与妻子马上劝慰道："您老身体这么好，还不是说来就来吗？"

　　岳母走了，那几天我们一家人总是觉得空落落的。

剃头趣事

生活水平的提高，使人们越来越注重自身的形象。既然服装鞋袜都那么讲究，那么作为门面之一高高在上的头发更不可等闲视之。于是名目繁多的头型出现了，五花八门的服务项目也来了。走在街上，各类别致的头型已成为一道亮丽的风景。

我的头发天生就不好：软、稀疏。所以对于剃头的质量也就不太在乎。但对小时候父亲给我理的"木梳背儿"再不敢恭维。作为普普通通的工薪族，高档的理发馆又不敢进，于是只能挑那种不显山不露水的小理发店，理一下，只要不影响市容也就行了。但这样的小小的要求，有时也不能尽如人意。

有一次，头发长得只盖眼睛，可转了几个理发店，都是满员。走得人困马乏，才找到一个不起眼的小理发店。理发店只有两人，好像是夫妻。两人都是人高马大，男的凶相如屠夫。听口音，像是南方人。他们正在用午餐，男的干脆就抄起大饭勺吃将起来。那模样、那气势，让人想起鲁智深。即来之则安之，我累得实在不想动了，于是坐下来等。那男的风卷残云般吃毕，就喊了一声："剃头吗？！"我惊了一下，赶忙说：

"是是，剃头。""过来！"那男人指了指水龙头。我战战兢兢走过去，"哗———"，这汉子舀了一勺开水，倒在水龙头上方的水槽中，用大手搅了一下，另一只大手将我的头向前一按便洗了起来。不知他拿了什么家伙，在我的头上来回蹭了起来，疼得我呲牙咧嘴，苦不堪言，心想：得，这点儿头发没等剃呢，已被他拔去一半了。他的架式他的动作，绝对像是任意抚弄一件手中的玩物，根本没想到他手下乃是一个活生生的人的头呢！可到了这一步，已没了退路，只能如羊羔般，任人宰割了。

三下五除二，头终于剃完了。我长吁了一口气，如出了地狱般，对镜子连看也没看一眼，付了钱，赶忙逃之夭夭。走在街上，对着商店橱窗看看这汉子的"杰作"，不禁一阵苦笑：天！这就是他所谓的南方最火的头型？唉，好在只这一回，死也不来第二回了。

受过这番"洗礼"后，我发誓以后再也不找男人、尤其是长相粗野的男人剃头了。找那些看来顺眼、有人情味儿的女士吧，她们给你剃头，手软软的，动作轻轻的，连呼出的气都柔柔的，如春风拂面，那才是一种享受呢！

近日，读梁实秋的一篇谈剃头的散文，他说，那剃头者在你头顶上"挥枪舞棒"，有时很叫人有种"命在旦夕"之感，如果那剃头人是个神经错乱者，他只需把刀那么稍稍一偏，你的小命可就难保了。我读后，很庆幸自己那次"洗礼"时没明显地反抗，否则，那男子一时兴起，我的头也许就没有今天这么"囫囵"了。

这是咋了？

走在上班的路上，刚过了一条马路，就觉得不对劲儿了，我的左腿，咋有点儿瘸呢？心里一惊！没啥感觉啊咋就瘸了呢？

老张，你的腿咋了？到了单位，老李就问，看来是真有问题了，连同事都看出来了。

"赶紧去医院瞧瞧吧，别有啥事儿。"一个屋的小李说，"你的活儿，我来做。"

我赶紧下了楼，打了出租，就奔医院！

我有高血压，难道是这个引起的？想到这儿，我的汗就下来了。还感到心脏也不舒服起来，血压感觉也有些往上升。

我给老婆打了个电话，她叫她拿上钱来医院，"感觉有点儿不好，你快来……"

老婆心急火燎地跑到医院，连声劝我，别怕，别怕。没事事儿的。

越这样劝，心里越没底儿。不疼不痒，更可怕呢。

大夫敲了敲我的左腿："没见啥异常啊做个CT吧。"

做CT，也没发现异常！

大夫建议我做核磁共振再看看，妻子带的钱不够，我说，管他死活，娘的！先回家吃饭，下午到别的医院再看看！

到了家，我脱了皮鞋，奇迹出现了，不瘸了！

嘿？咋回事儿？妻子忽然想起什么似的，他一把拿起我的皮鞋，笑了：你看看，你的鞋后跟儿呢？

哎呀

咋回事儿？我的腰变细了呢？心中一喜。

我这是在单位厕所小便，完事儿后，我一拉腰带，最后一个腰带眼儿也不好使了，还是松松垮垮的，我就觉得奇怪，不会吧？能瘦到这样？我接着慢慢的拉，结果，一截儿腰带就下来了！

娘的！感情是断了！

这可咋办？一着急，前开门儿的小口还绷掉了！那黑色的小扣儿蹦蹦跳跳滚到了一滩尿渍里。我想我还是得要他，否则前开门也关不上，腰带又完了，咋出门呢？

我看看没别人进来，就捏着鼻子把小扣捡起来，打算拿到水龙头那儿洗洗，谁知没拿住，该死的小扣被冲跑了！

唉……我哭笑不得。

"晓迟，快啊，在哪里？宣传部要材料，你去一下。"主任在喊我。

我愣住了……

省里突然来了巡视组，这天早晨到了医院，恰巧来到我们病房。

我们的住院医生还没到。科主任脸上挂不住了，对静静地站在一边的一个护士说，给她打电话！赶紧过来！

我们的住院医生于大夫呼哧带喘地跑来了，主任说，你可真能睡懒觉！我们都到了半天了，你看看，几点了？住院大夫提前半小时到岗，你不知道吗？

看着于大夫满脸是汗唯唯诺诺的样子，我们心中好笑，这个大夫，我们住了三天院了，几乎都没见过她！她偶尔来病房，就是例行性地问问，然后给你开一堆单子，检查！我转氨酶偏高，已经查了很多项，还是没结果！临床那个下伙子，黄疸，彩超肝部有阴影，居然查不出原因！昨天又给一张单子，核磁！扔下就走，都不带解释的，轻飘飘一张白纸，两千多！

大家背后都叫她"查女士"，没别的本事，就会机器检查！

省里一个专家说，这个小伙子嘴唇这么白，贫血吗？

于大夫说，应该不贫血吧？

主任拉下脸来，别给我说"应该"，拿单子去！

于大夫颠颠地跑到护士站拿来一堆单子，省里专家从主任手里接过来，笑了：这检查单子可不少啊。这个，不是显示贫血吗？指给主任看。

主任脸都绿了，愤怒地白了于大夫一眼！

我和临床小伙子都被告知，改查的都查了，找不到原因！不行就去北京吧！一前一后，我家都出了院。我后来找了一个专家，被告知，不是大毛病，指标降下来就没问题了。

据说，那个于大夫被查了，作为医生，敷衍塞责，还接受大量红包！

这样的"查"医生，还有多少？

医院是治病的，不只是机器检查了事！

奇景

那天我山里玩儿，顺便去看一个小时候的同学，他在山里看管一个尾矿坝。这个坝我记得，好像是二十年前建的了。我们这儿有个金矿，金矿生产出的矿石要冲洗打磨，产生的废水怕给周围造成污染，就见了这么个尾矿坝，记得那时我还是个孩子，印象中尾矿坝很壮观，半山腰围起来的，有一个足球场大吧。

如今，这个尾矿坝让我都有些不敢认了，几乎与山体融为一体，看不出当年的样子了。登到坝顶上，禁不住惊呼一声：好家伙！那废水产生的微绿色的石粉，竟把大坝填满啦！硬是给这色彩缤纷的秋色制造出一片"荒凉"感来！真有一种到了月球的感觉呢！再细看那粉末的凸起，竟形成一座座精美绝伦的微型山峦！

老同学见我如此感兴趣，大惑不解："有啥高兴的？我常年在这儿都闷死了，这破球磨粉有啥可照的？脏不拉几的，一刮大风，吹得那都是白土！"

我给他看我拍的照片："你别看他不起眼儿，在我的镜头里，就成了奇景！咋样？"

104

老同学也连连称奇："没想到！没想到！还真挺好看的呢！"

我回到城里，把照片发到网上，发到报纸上，开玩笑说：我十一去了'月球'！许多读者和网友看后纷纷赞不绝口：还真是像呢！许多人都说："在啥地儿？放假也去看看！"

不久，这里还真成了人们前来观赏的景点儿！一家影视公司还要把这里当成拍摄基地呢。

为什么？

下午下班，刘亚刚进屋，就见老公扎着刚洗完的手，说，老婆，我给你把碗洗出来了。

是啊？刘亚脱下大衣到厨房一看，收拾的赶紧利索，就有些内疚，这几天忙于学校入学新生的事儿，家里的活都顾不上了。

辛苦了老公。刘亚端来一杯热咖啡给老公。

老公像是做了很大的事情一样，大模厮样地接受着老婆的伺候。

晚上，刘亚睡不着，想起这件事，忽然就觉得哪里不对了，为啥呢？为啥家务就该是我的？为啥老公不能做家务？咋我没做家务几天，就好像我犯了大错一样？

这样一想，刘亚更是睡不着了，前思后想，感慨万千，女人也在外面打拼啊，和男人一样累，咋就，咋就家务事成了女人的了呢？似乎全中国都是如此啊，这不对啊，要改改！

周日，几个年轻时的闺蜜聚会，刘亚把自己的困惑说给大家，大家七嘴八舌议论纷纷，是啊，这么简单的道理，为啥没有女人站出来说"不"？就是，要改一改！

第二天，刘亚睡了个懒觉。起来梳头，老公说，看你昨天回来晚，我起来帮你做了早饭。谢谢我吧？

为啥呢？为啥不该你做早餐？为啥必须我做？

老公一听，愣在那里，半天没说出话来。

刘亚优雅一笑，转身进了卧室。

老 人 与 狗

　　那天下楼闲逛，小区单元门口几个老人打算玩对调，三缺一。邻居老张说，晓迟，来来，救救场。我正好没事，就答应了。这才见对面和我对家的是一个抱着一只小狗的老头。老头七十多岁的样子，那只小狗，纯白色，我对狗没研究，也不知道啥品种，倒是看着挺可爱的。但我还是觉得有点别扭，放到地上也就罢了，玩对调还抱着，那个小狗也够粘人的，不停地在老头怀里拧来拧去，还不时地伸出红色的舌头去舔老头的满是皱纹的脸。老头也不烦，满是爱怜地轻轻地拍拍它：别闹昂宝贝。看爸爸打牌奥。

　　我被对面这对"父子"闹得没心情打牌，胡乱打了几把就借口溜掉了。

　　晚上碰到邻居老张，我说，那个老头太古怪了，打个对调还抱着小狗，别扭。老张说，你新来的不知道，我们都习惯了，他年轻时就遭遇丧子之痛，孩子那时才十九岁，高考刚结束，据说马上要到名牌大学读书了，结果出了车祸！老头和老伴多年来都走不出来，亲戚给他们送来这只小狗，他们像对待儿子般和这条小狗相依为命。前几年，老伴也去世了。这狗就更成了老人唯一的亲人。这只狗就是老头的命呢。半秒钟都离不开。

　　正说着，我看见那老头正抱着他的"命"在小区的东门慢慢地往西走，秋风来了，一两片黄色的树叶，飘落到老人的花白的头上……

瘦人独语

"瘦人"这个字是很容易让人联想到疾病，弱小。你看，"瘦骨伶仃"、"骨瘦如柴"、"人比黄花瘦"、"古道西风瘦马"，哪有一个让人高兴得起来的词？"瘦"让人想到战争灾荒，让人想到非洲灾民。

瘦人一出生似乎就注定要有更多的烦恼。孩子一出生，如果胖胖的，人们就会说："这孩子，胖乎乎的，真可爱！"如果瘦瘦的，则心生可怜："这孩子，像个瘦猫似的，能活下来吗？"

瘦孩子就这样在父母的担忧可怜额外照顾中生长起来，瘦孩子与同龄的胖孩子相比，总是那么微不足道，大人们喜欢称胖孩子为"小胖墩"，称瘦孩子为"瘦猴子"。长大成人，瘦人又多了一层烦恼，男人瘦小，常让人怀疑那窄小的肩膀能不能挑得起家庭的担子？女人瘦小也让人担心能否生儿育女，操持家务？

其实，这都是庸人自扰。瘦，若是无病之瘦，那就不必忧心忡忡。

何况，瘦人也有瘦人的好处呢。

瘦人往往行动敏捷，透着精明强干；瘦人挤车方便；瘦人吃饭省粮，瘦人穿衣省料。

当看到炎热的夏天，胖人气喘如牛，大汗淋漓艰难跋涉时，瘦人一定为自己生而为瘦感到庆幸。瘦人的晚境想来应当不错，不是有句话叫"有钱难买老来瘦"吗？

世界本是一个丰富多彩的世界，大与小，高与矮，胖与瘦，都是不可缺少的美丽景致，满世界的胖子与满世界的瘦子都会大煞风景。

因此，瘦人不必自寻烦恼。

叫早

夜，静得有些吓人，像死去一样。

皎洁的月光透过窗户直射到我的窗前，我就着月光看了一下手表，
12点！

听着上床那位打着呼噜睡得死猪一般，我后悔答应了他，明天早上
5点叫醒他。

张伟要去云南出差，早上六点的火车。

我是个有事儿就难以入睡的人，咋就答应叫早呢？

使尽了各种招数，就是睡不着觉。

"哥们儿，记着叫我啊。"

我瞅瞅上床这个家伙，竟说梦话呢。

月亮也不再陪我，躲到一边去睡觉了。

我打开手机，看了一下时间：2点！

我气得直敲自己的脑壳，啥毛病啊？这是！离六点还远呢，睡呗。

瞌睡虫却不理我，我两眼发亮，炯炯有神！

我和张伟驾着一条小船在海上游荡，远处，一片芦苇生机盎然，他

建议去看看，没准儿发现野鸭蛋呢。我欣然同意，还没等走到那片芦苇滩，就听张伟喊了一声："妈呀！六点啦！你咋不叫我啊？"

我从梦中醒来，一看时间，可不！六点啦！

张伟气得只踹床板儿！震得尘土纷纷落到我的脸上……

我啥时候睡着了呢？

我的觉儿轻，有一点动静就难以睡着，换个地方，更是如此。

因此怕住院，可是最近三年，连着住院！要命。

前不久来老城附属医院，消化科主任建议再把肠镜做了，连同胃镜，一起考虑再看看。就是说把胃镜再做一次。我有点蒙，本来就想把上个月的胃镜结果给她看看，开点药。谁想到……我说：能不能不做胃镜——肠子也没啥感觉——主任很不耐烦打断我的话，你是托人找我看病，我就得认真给你看，如果不愿意也不勉强！面露不快。见此状，不再犹豫，做吧。做了也放心了。

结果就做出四个肠息肉！服了——

头一天，晚上，临床那个黑脸大汉上半夜被饥饿折磨得折腾不已，竟然打电话让朋友买来方便面吃！后半夜这家伙呼噜惊天动地，我一宿几乎没睡！第二天，我还想，如果他还打，我就到别的病房去！反正也有地方。结果他下午出院了，阿弥陀佛。

睡了一个好觉！

今天上午，有一个病人找护士，说不能忍受临床俩大汉打呼噜，两宿没睡了，受不了！要换房！护士问我打不打？我说偶尔有点，那个人老家张家口的，说话和内蒙西部差不多，有点犹豫，想换无人的，护士说无人的病房锁着呢，护士长同意才行。于是他无奈到我的病房。

　　中午，他说终于可以好好睡觉了，不一会儿，他睡着了，居然传来呼噜声！

那一缕岁月

"那一缕岁月难忘却，我心里的一块铁……"。

这句歌词让我想起了那段日子，那段如铁一般深深嵌在记忆深处的日子。

一九九一年春节刚过，我们内大汉语系八八级的学生与自治区直属机关干部一起到伊盟下乡，我与另外两个同学被分在伊盟达拉特旗吉格斯太乡，住在一老乡家，吃派饭，一家一天。我们的房东是个三口之家，老两口和一个两岁左右的女孩儿。老两口都慈眉善目，质朴淳厚，村里人都说，你们找到了好房东。

起初，我们被异地的风土人情所吸引，那一望无际的草滩，那滚滚涌动的黄河，那别有味道的方言，那优美动听的歌谣，都令我们欣喜不已。可没过多久，这种新鲜感就消失了，代之而来的是水土不服，食宿不适，这一切房东大娘都看在眼里，她知道我们吃不惯当地人常吃的"糜糜"，便买了小米给我们吃。有一天晚上，我们在一家吃了晚饭回来，大娘问我们吃的什么，我们说是"糜糜"，当我们懒懒地躺在被窝里后，大娘忽然端来了两碗热气腾腾的饺子。要知道，当时的农家端上两碗饺子那时多大的礼遇啊。我们感动的都要流下泪来了。

　　五十天的生活把我们与大娘一家紧紧地连在了一起，如同一家人一样。临走那天晚上，我们与大娘聊了很久很久。也是在此时，大娘才向我们说了她的"心病"，原来，小女孩儿不是她的孙女，是她在县医院看病时捡到的，但至今也落不了户……大娘说着说着落下泪来，她问我们能否帮她给小女孩儿办个户口，可我们当学生的哪有这样的能力？大学毕业至今已二十几年，我始终没见过大娘的面，在遥远的赤峰问一句："大娘，你好吗？"

八七年那个夏天

八七年的夏天，也许是我一生中最难过，但也是最难忘的一个夏天了。

那年的夏天，我以二分之差名落孙山。二分，小小的二分！它像一条巨大的沟壑，把我挡在大学门口的外边。

记得那天是父亲到学校看分数，我和母亲待在家里，心神不定，不时到门口张望。

父亲终于回来了，但一看到父亲那无精打采的面孔，我就似乎预感到什么，心，一下子提到嗓子眼上。果然，父亲一踏进门槛儿，便低低地说："没考上，差二分。"我呆住了，一时似乎嗓子被什么东西堵住，一句话也说不上来，心跳加快，浑身发抖。我赶忙低头跑到自己的房间，一头扎到床上，任泪水滚滚而出。

二分！真是太残酷了，如果差得多，我也就认了，我也许就不会那么伤心，可是只差二分呀。也许是我少点了一个标点，也许是我多打了一个小小的对号，也许就是判卷人稍稍的一马虎……

那天的晚饭我是无心再吃了，我昏昏沉沉地躺在床上，恍惚间，听母亲说："不能给找一找吗？才二分。"

我的鼻子酸了，眼泪又像断了线的珠子般滑下来。

母亲把饭菜端到我的床头，说："起来吃饭，不就差二分吗？再好好复习一年，把这二分挣回来。"我却把头一扭，什么也不想说不想听……

过了几天，我迫于母亲的催促，起来到外面散散心。我羞于见村子里的熟人，只找无人的地方蹓跶，但还是碰见了大伯母，伯母说你可别整天茶不思饭不想的，这不让你妈更难受吗？你考不上你妈比你还着急呢！你考试那三天，你妈整天求神拜佛求菩萨保佑你呢。

我怎么也没想到，一向不信神佛的母亲，为了儿子能够考上学，也拜起神来。

我想象着母亲怎样恭恭敬敬地把供品摆在临时置起的供桌上，怎样在香烟缭绕中忍受关节炎的病痛跪在地上虔诚地祷告、叩头，求神保佑她的儿子顺利地考上大学。

我的双眼发热了，但没有再让眼泪流出来。心里只存一个念头：努力干，不信来年考不出一个好成绩来！

那天中午，我心情好转，饭也吃得特别香，以致母亲都有点奇怪了。

第二年的夏天，我终于以全校文科第一名的成绩，叩开了大学的校门。

那天，当我拿着录取通知书给母亲看时，不识字的母亲摸着这张纸片欣慰地笑了。我笑问："妈，你今年又拜佛了吗？"母亲说："拜什么佛，我再也不相信那个玩意，说来说去，还得靠自己的本事才行！"

拜神灵也罢，不灵也罢，反正让我深深感到母爱的伟大，是在八七年的夏天。

　　一轮明月高高地悬挂在毫尘未染的天空，打谷场里，孩子们手里拿着月饼水果嬉戏追打，大人们则忙着活计，脸上是收获的喜悦。

　　这不是图画，而是我记忆中儿时中秋的场面。每念及此，我眼前就是这个场景，还似乎能闻到那月饼香甜甜的味道和浓浓的谷香……

　　从前，有一贫困人家，过中秋了，父母狠了狠心，为三个孩子一人买了一块月饼。中秋的晚上，大女儿舍不得把月饼都吃了，只是咬了小小的一口，这月饼也许在商店就时间很长了，很硬，把小姑娘的牙硌出了血，一丝血粘在了月饼上。小姑娘把月饼藏在了炕头边的破墙洞里。不知过了多长时间，小姑娘把月饼的事给忘了。有一天晚上，一家人正坐在炕上说话，忽听到一阵阵车轱辘声。仔细一听，是从墙洞里发出的。小姑娘这才想起了那块月饼，拿出来一看，早已长了毛了！母亲说，这是月饼成了精了。

　　这个故事是母亲讲给我的，故事有些传奇色彩，但那时月饼之贵重还是真实的。但也正因了它的稀有贵重，才更显出中秋的味道、人们尤其是孩子对其是那样的企盼。

现在人们的生活水平提高了，月饼也不再是稀有之物，各种样式各种包装各种价格的月饼纷纷上市，可你再也吃不出过去月饼那种特有的香味，随着月饼的味道一同消失的还有思念，交通的发达通信的快捷，使思念这种感情也成了奢侈品。

　　所以说，中秋节同其他中国传统节日一样，已离我们越来越远了。

　　这个世界上的有些事我们是说不清的，我们只能无可奈何。

　　天寒地冻的日子。我守在火炉旁，还觉得冷。顾客不多，边看书边烤火，难得轻松。

　　无意中瞅了一眼门外，那个老女人还在扫着大街，不停地停下来哈哈手，天太冷了。这个城市，就是靠这些清洁工的一把扫帚扫出来的"全国卫生城市"。

　　"大姐，进屋烤烤火吧。"我走到老女人身边，小北风刮得呼呼响。

　　"不了，谢谢你，有当官的检查呢，不让我们随便去屋里歇着。"

　　老女人面向我笑了一下，我发现那张脸冻得通红，嘴唇啊干裂开几个小口子。

　　"那，你进屋喝口水吧？"

　　"是啊，就这个冬天麻烦，没办法喝热水。你可真是好人呢，许多店铺不愿意我们进去，怕脏了人家的地面，影响人家的生意。"

　　"没事儿的，大姐，你渴了，就去我这儿喝水好了。"

　　我想出个办法，第二天，我就在门口写个小牌牌：免费为清洁工人提供开水。

没想到，晚报记者还采访了我，我这个人不爱讲话，当时脸红了，其实，就是看着他们辛苦有些心疼，小事儿一件儿啊。

　　晚报第二天就发出来了，还头版头条"热心店主为清洁工免费提供开水"并配发了评论，建议店主向我学习，多为清洁工提供便利。

　　还是晚报力量大，报道发出不久，沿街许多店铺就纷纷挂出"免费提供开水""请你歇歇脚"等字样的小牌牌。

　　我的心里很暖和，觉得这个城市的冬天也暖和了起来。

探亲

好几年没去下乡老家了，这个十一放假，决定带着孩子老婆去下乡走走，看看叔叔婶婶。

开车走了大约五个小时，到了老家，嗬，几乎不敢认了，没有了当年的模样了，老家是个出热水的地方，街中心有一个热水泉眼，记得小时候大人们都到这里洗衣服洗菜，还在这里杀猪宰羊呢。现在，沿着泉眼两侧，建起了高楼大厦，俨然一个初具规模的小城镇了。来这里疗养的人很多，老家的人把房子都出租给他们了，发了财。盖起来小洋楼，过起城里人的日子。

好不容易打听到叔叔家的房子，是在街中心一个小区，三楼，出热水嘛，一天二十四小时供应，价钱便易。暖气也是用地下热水，所以热费也便宜的让人羡慕！婶婶说，老房子还在，小院子还在，可以吃自家的原生态的蔬菜，多美的日子啊。好几年没吃到野菜了，我说，去地里挖点野菜吧，不吃大鱼大肉。婶婶笑了：你老外了啊，这里早就没啥野菜了，地里干干净净，野菜都叫那些城里来疗养的人挖走了，每天都和一群蝗虫似的，满山遍野找野菜呢。

124

吃了饭，到村子里转转，就见村里肃肃静静的，偶尔见几位老人在晒太阳。婶婶说，年轻的都到城里打工去了，这不，趁着农闲，那些妇女孩子也去城里游玩了。

地震

天灾人祸，是人类一大天敌，虽然今天的科技已很发达，但人类还是无法完全避免，比如说这地震。

谈起地震，人们可能都不会忘记１９７６年的唐山大地震。至今谈起来，还是心有余悸。

我的家乡在赤峰市南的一个小山村，因距河北唐山不远，所以唐山大地震的余波传到我们这儿，也造成了不大不小的惊慌，或多或少的损失也不可避免。

那时我大约八九岁光景。一天晚上，母亲正坐在煤油灯前做着针线活，我在一旁听着母亲讲故事。忽然，就看见灯左右摇晃起来，睡在炕头的妹妹随着翻了两个身。母亲愣了一下，说了声："地震了！"她赶忙放下手中的活计，抱起妹妹，拉着我便往外跑。

街道上已站满了人，乱哄哄的，大家都用恐慌的眼睛探询着，用颤抖的声音一问一答着，孩子们在大人们的腿之间嬉戏，全没有一点儿害怕的样子。夜已很深了，人们还是不敢进屋睡觉。

过了几天，人们看到几辆载满孩子的汽车从村子前的马路上驶过，消息灵通的人告诉说：唐山大地震了，这些孩子成了孤儿，他们将被送到某某地收养。

村人们原来惊慌的心更加不安起来。

又经过两次不大不小的地震后，村里在大队部（那时称村为大队）开会了。每家至少有一个代表，大家席地而坐，惴惴不安地听队长讲防震抗震的土办法，队长平时是个敢说敢干的汉子，那天却哆哆嗦嗦一句完整的话也说不出来，最后由副队长代他讲了。具体都哪几条，现在已记不清了，只记得有一条：放一脸盆儿在炕上，脸盆里口朝下竖一酒瓶，如地震，瓶则砰然倒在盆里，惊醒熟睡的人们。可有人立刻反驳：这办法不行。并说有一地方也用了这个办法，有一家半夜忽被倒了的酒瓶惊醒，男人抱起孩子携着娇妻慌乱中来不及走门，从窗户跳了出去，结果摔坏了孩子的胳膊磕破了娇妻的头扭伤了自己的脚。事后才知道，哪里是什么地震，而是家里的猫不小心碰倒了酒瓶子。

土办法不但不实用，反而这一张扬更加大了村人的恐慌。很多人甚至大鱼大肉地吃起来，说提前过个年吧，反正不知哪天天崩地陷呢！

再后来，就出现了防震棚，几乎家家户户都在远离房子和院墙的地方支起了简易防震棚，大人胳膊粗细的木架子，顶上铺一层秫秸，抹一层薄薄的黄泥。现在想起来，那防震棚若要塌下来，对人的危害性也不会小，只不过是一种心理和精神上的安慰罢了。

1976年的秋天，防震棚成了中国北方那特殊年代的独特景观。

秋天，天气一天比一天凉了，祖母不听我们的百般劝阻，毅然地搬回了青砖灰瓦的大正房里。八十岁的祖母说："我一个老婆子，反正也没几天的活头了，犯不上在外面受那份罪"。祖母好福气，那年秋天再没有发生什么大的地震，她老人家安然地生活在那个在我们看来入陷阱般的大房子里，而我们，虽在防震棚里，也还是在胆战心惊中度过了那个难忘的秋天。

鸡蛋往事

小小鸡蛋，却总能勾起我许多回忆。

过去，鸡蛋绝对属奢侈品，尤其是在农村，除非是过年过节或家里来客人，否则是很难吃到鸡蛋的，尽管家家养着鸡，因为要靠它补贴家用呢。对小孩子来说，过生日时也许能得到一两颗鸡蛋，所以孩子们都是喜欢过生日的。农家女子"坐月子"能吃到很多很多的鸡蛋，所以我们这些孩子很羡慕，也希望"坐月子"。

听说过这样一件事：几个木匠到一农家干活，中午吃饭时东家炒了一盘鸡蛋，他们吃饭时，东家的孩子就在一边眼巴巴地瞅着。这些木匠大概太饿了，根本没看到孩子，只管埋头吃饭。木匠每夹一块鸡蛋时，那孩子便悄悄地走到母亲那儿说，他们又吃了一块。眼瞅着最后一块鸡蛋也被送入木匠口中，这孩子一下子扑到母亲怀里哭了起来。

初听到这个故事时觉得可笑，但过后心里却觉得酸酸的。

我们村里那时有一壮汉，稍憨。一日，几个小伙子逗他，要与他打赌，他若能吃下七斤鸡蛋，他们就一分不要，白给他吃。这壮汉毫不犹豫地答应了。几个小伙子窃喜：咱们赢定了！可让他们没想到的是，这壮汉竟一个不剩地把鸡蛋全部吃了下去！然后，这壮汉抹抹嘴，站起来就去推土垫猪圈去了，他打着饱嗝，脚步如飞，一车土在他手中如同小孩儿玩具般，几个小伙子傻了眼了！

时代在前进，生活在变化，如今吃鸡蛋已是家常便饭，母亲说，如今一个月吃的鸡蛋过去要吃一年。

小小鸡蛋，勾画出时代的变迁。

来年种啥？

除夕那天，太阳刚落山，老叔就拿出他那一套家伙式：五只酒盅，五样粮食，一秆戥子。把每样粮食称好，分别放入小酒盅。

大年初一一大早，老叔爬起来，净手，烧香祷告，然后分别再次称那五只酒盅里的粮食，哪个多出来斤称儿，就主种那样粮食。

这样做多年了，到底灵不灵？我很怀疑。问父亲，父亲一笑，没吱声儿。再问，就说，也许有用？

我上了大学，老叔还在坚持他的老办法，但自己也没多大底气了，和他的地挨着的也不愿意听他的，好几年，都是减产的。

不灵的，要科学种田啊。我说。

那是老天爷这几年被人们乱用化肥气得，弄错了，前些年都灵的呢。老叔坚持道。

这一年，老叔还是用老办法。

嘿！灵了！老叔美得不行，咋样？他得意地冲邻居显摆。

我偷偷地笑了。我的高中同学有一个在大学学的农业，我请教了他。他分析完了说，种谷子吧。

真的，丰收了！

我把老叔那只盛谷子的酒盅儿，偷偷地多加了那么一丁点儿……

泡澡

吾乡地下盛产热水，初淌出的热水近百度。据说把鸡蛋放到泉眼处，俄顷即熟。过去常在泉眼边杀猪宰鹅，褪毛洗肠很是方便。

但最为人们喜欢的，还数洗澡。

过去农村贫苦，洗次澡是极不易的事。能到热水洗澡，在外地人眼中如同能去北京般让人高兴。

吾乡常称洗澡为"泡澡"，更有上岁数者称之"坐汤"，如我二娘。常见她左腋夹着装满脏衣服的脸盆儿，右手牵孙儿碎步走在乡村小路上，"干啥去？""坐汤去！"

小时，父亲常带我回老家洗澡，我们常去的是供销社招待所。推开浴室的门，迎面是一大通铺，铺着席子。洗过澡的人全身光鲜红润，躺在那儿养神或聊天。孩子们则赤裸着跑来跑去，脚上的"踏拉板儿"在水泥地上"踏踏"作响。再往里走，推开小门，便是浴池了。夏天还好，冬天浴室里白雾蒙蒙，弥漫着一股硫磺味儿。人声回荡在高高的屋顶又被拢了回来。四周的墙壁长有绿斑，水珠凝在上面。两个浴池盛满看起来有些发绿的热水。"水大不大？（大即烫的意思）"父亲问，里面有人答："不大。"父亲便慢慢将双脚伸入水中，然后整个身子从下到上徐徐进入，只露脑袋在水面上。台湾诗人洛夫有诗形容泡澡：水深及膝\淹腹\一寸一寸漫至喉咙，浮于水面的两只眼睛\仍炯炯然"。准极。

　　在这里，你是很容易分清常泡澡与不常或没有泡过澡的人的。那些初来者，脱衣服都有些难为情，遮遮掩掩到水边，双脚尖儿试探着触水，立刻触电般缩回，眼巴巴瞅着别人悠然入水气定神闲，心中大羡。过一会儿水微凉，他们才敢入水。也有不知深浅者脱衣便跳入池中，但旋即尖叫而出。不过经此冒险，再入水则容易多了。初来者与孩子们一惊一乍，嬉水玩耍，弄得水面波浪起伏。那些更小的孩子则被年轻的父亲抱在怀里，入水时孩子哭叫着扭动着身体，欲奋力离开水面，这情景亦动人。不过，这些常会引起以泡澡为休闲或治病的老主顾们的不快。他们才是深谙泡澡奥妙之人，他们深深地浸泡在水中，双目微闭，嘴在水面上轻轻地吹着气，四肢如茶叶般在水中舒展，直泡到每个毛孔都张开，汗液涌出，才肯离开，披着浴巾在通铺上喝杯茶，待浑身干透，再入水泡，如是者三，才肯满足地离去。

　　离开故乡多年，很少能再享受到泡澡的乐趣。如今城里浴池多为淋浴，淋浴亦属"快餐文化"之列，只为卫生而设，少了泡澡的乐趣和那独特的氛围，而所谓桑拿按摩甚至鸳鸯浴之类，更与泡澡相去甚远，属"更高"一级享受，在此不便多谈。

大众池子

　　人们可能对"合作社"、"大食堂'等名称还不算陌生，但你听说过"大众池子"吗？

　　"大众池子"是吾乡"特产"，吾乡盛产地下温泉，过去乡人多贫困，政府于是建免费浴池，乡人称其"大众池子"。

　　"大众池子"建筑简单，分男女两池，各二十平米左右，中间隔一极薄的砖墙，两厢说话依稀可闻。设施简陋，但不影响乡人洗澡兴趣。没有长凳，就把衣服放在拾来的石块上，没有电灯，就提来煤油灯，拿来蜡烛，照样能洗去劳累、洗去忧愁。

　　"大众池子"属"大众文化"，是人生舞台，是了解民俗文化的窗口。

　　"大众池子"的故事多矣。

　　在"大众池子"，女池向来要比男池的水脏，因为女人常常在里面洗衣服，有的甚至洗裤头洗袜子。所以，有胆大的女人晚上趁男池无人时跑过来洗。有一次，三个胆大泼辣的女人正在男池洗，洗得高兴，有一人走后，她们竟忘了插门，她俩浸在水里闭目养神。这时，一汉子来了，正值夜晚，水雾蒙蒙，他刚要脱衣服，两女人听见声响，惊问："谁！？"

那汉子也一愣："你们是谁？"两女人"嗷"地一声跳出浴池，抓起衣服飞跑回女池，那汉子呆了，他以为遇见了鬼。

有乡人说，不育女人常到男池洗澡，能怀孕，这怎么可能呢？

我还听说这样一件事：一次，一女子戴着金项链洗澡，被一女贼盯上。等欲穿衣服时，那女贼上前一把扯过项链就跑，这女子疯了一般追了出去！追了二十多米远，但还是让那女贼跑掉了。她这才发现自己竟一丝不挂！据说，这女子回家后，经不起家人与村人的数落，羞愤难当，上了吊。

"大众池子"也是许多乞丐和流浪者的避难所，比起其他地方来，这里还真是一个不错的地方。渴了，有热水，脏了，还可洗个澡，冬天还不冷。

我还记得有些孩子恶作剧，有个孩子把一只死乌鸦从女池的窗口扔了进去，里面立刻发出一片惊叫声。

去年回家，见"大众池子"已无踪影，代之而来的是一新修的休闲广场。是啊，如今是连公共厕所也所剩不多的年代，哪还有它的立足之地呢？

第二辑　行走的风景

　　去云南，不能不到丽江，到了丽江，最好先去玉龙雪山并看一看张艺谋的《印象·丽江》，经过这座离赤道最近的雪山的洗礼，你再到被列为的世界文化遗产丽江古城，你定会更加喜欢这座古城，你会发现，这里是你最想来的地方。

　　丽江地区位于青藏高原东南边缘、滇西中北部。丽江古城又名大研镇，坐落在丽江坝中部，海拔 2400 米，因地处滇、川、藏交通要道，古时候频繁的商旅活动，促使当地人丁兴旺，很快成为远近闻名的集市和重镇。

　　走进丽江古城，如走进一段古老的历史，她像一枚被人丢下的古币，吹去浮尘，仍然放射着耀人的光芒。那古老的房子、古老的光滑的五花石板路、古老的石桥，无不向人讲述着其悠久的历史。丽江古城是一位古朴和蔼的老人，容易让人接近，这里五行六做人烟味浓，是活的古迹，临街一座座店铺，店铺后是一栋栋别有特色的民居和客栈。小桥流水、红灯高挂，无不显示着其勃勃活力，这是最让人喜欢的地方，人们成群地赶来，带着四面八方的心事，把这个边陲的天涯变成了不折不扣的热闹的人间。人们赶到这里，却都没有了目的地，行程在这里被无限拉远，归期变成一个未知数。这里是可以疗伤的，身的，心的。古城每天都这样热闹，人来人往，晚上，还有酒吧供年轻人挥洒热情。可古城永远是静的，她洗尽铅华，那噪音消失在古老的街道上，消失在蓝印花布上，消失在古老工艺品，消失在摩梭女人织就的围巾上，消失在纳西族的披肩上，消失在神秘的东巴木牌画上……

　　每到美丽的地方，比如丽江，我都羡慕甚至有点儿嫉妒这里的人们，嫉妒他们可以整日悠闲地享受古城的神仙般地生活，什么时候，我也能如他们一样，舒舒服服地坐在藤椅里，慢悠悠地摇着芭蕉扇，小口啜着普洱茶，偶尔抬起眼皮，瞥上一眼窗外匆匆的游人？

和
顺

　　提起云南，人们总爱说起大理、香格里拉，其实，美丽的腾冲更是值得一去的。4月份，笔者有幸参加了由中国记协组织的全国新闻界夜班编辑交流活动，来到了美丽的云南腾冲。

　　腾冲位于滇西边陲、高黎贡山西麓，西部与缅甸毗邻，历史上曾是古西南丝绸之路的要冲，被称为"极边第一城"。老天爷不知为何如此垂青腾冲，不说那气候宜人的自然条件，也不说那中国最密集的火山群和地热温泉，单是那地灵人杰的侨乡和顺，就让你爱不够说不完。

　　走进和顺，就如同走进中国山水画，这里的风光真的是如诗如画，青山如黛，绿影婆娑。碧波粼粼的元龙潭犹如一面明镜，倒映出古色古香的元龙阁。远望，和顺四周分布着众多火山，整个村落环山而建，住宅从东到西渐深渐高，房舍密集，粉墙黛瓦整洁美观。近观，则见建筑古朴美观，街道清洁整齐，建筑格局整齐化一又各有特色。白色和黑色是这个边陲之乡处处可见的颜色，青山之间，常有黑色屋翼飞出，说不尽的雅致。整个村落绿树掩映，白墙黑瓦的屋宇依山就势错落有致，有河水自西向东从村前缓缓流过，河流上一座座洗衣亭跨河而建，桥下有三两洗衣村女在轻声说笑，和有几个少年在河中摸鱼，村前，一片片稻田已泛出金黄色，田间有农人在劳作，空中有白鹤在飞翔，形成一幅天人合一的优美画面！和顺，处处显露出世外桃源那安谧、平静的韵味。

　　和顺不只以自然景色闻名，更以浓厚的文化环境为国人乃至世界所知。重商、重文为和顺最大特色。据史书记载，由于历史上道通缅甸，对外交通方便，因而自明代以来，和顺人就多去缅甸经商，出现了许多雄商大贾和实业家，和顺历来就有重教兴文的儒家传统，发了财的人们纷纷回家乡兴建佛寺宗祠，兴建图书馆，这在边远之地甚至全国乡村是不多见的，这也是和顺闻名于世的重要原因吧？无怪乎连著名诗人席慕容也称和顺为"诗礼之乡"。用"人杰地灵"形容和顺也是不过分的，这个"书香名里"不但走出了"天南一支笔"的李曰垓、毛泽东的哲学老师艾思奇，更有临水而建的被称为"在中国乡村文化界堪称第一"的"文化之津"——和顺图书馆。我们进入这个图书馆时，几个村里的老人正在看报，他们不为我们这些手拿相机的游人所动，也许是早已习惯了吧？我们也不想打扰他们，悄悄地退了出来。

　　如今的和顺已被评为"中国魅力名镇"，这也是名至所归了。什么时候再来拜访你呢？和顺。

拜读韶山

畅游三峡水，喜登张家界。一番游山玩水之后，我们来到了心中向往已久的圣地——韶山。看完祖国的大好河山，再去韶山进行红色之旅，从而更能深刻体会美好生活的来之不易，这样的安排不知是有意还是巧合，反正是别有深意的。

韶山位于湖南省湘潭县，是湘潭西隅的一颗璀璨明珠。据说，韶山是因虞舜在此演奏韶乐而得名，美丽的韶乐曾让孔圣人"三月不知肉味"。韶山水秀山美，但她的闻名，当然还是因为在这里诞生了一代伟人毛泽东。据有关材料介绍，1949年开国大典后的两个多星期，便又参观毛泽东故居的记录。参观人数创最高纪录为文革爆发那一年，竟达290万人！以致使主席故居的门槛都被踏碎了，不得不进行第二次维修。随着主席的过世，特别是对他的评价一度陷入混乱，韶山受政治气候的影响，参观人数呈下降趋势。但随着人们对毛主席的评价与认识的理性化的到来，来韶山参观的人们从1981年其有逐渐增多。人们终于认识到，毛泽东作为一个民族的精神支柱，永远存在于人民的心中。

如今在韶山，围绕着纪念毛泽东这一主题建起了许多景点：毛泽东纪念馆、毛泽东铜像、毛泽东诗词碑林、毛泽东图书馆等等，每一处景点都让人流连忘返，每一处景点都让人对这位伟人心生敬意。但我还是最喜欢主席的诞生之地——位于韶山冲中心的上屋场。

远离尘嚣，在绿树环绕中，一栋座南朝北、呈凹字形、左右对称的农舍，静静地卧在那南岸塘的南坡上，默默地注视着前来参观他的人们。他的名字没有半点书卷气，全然是泥土味，因为相对其他农舍在上头些，故名上屋场。然而就是在这普通的农舍，诞生了新中国的缔造者，诞生了一代伟人。

轻轻地，满怀激动的我也终于踏上了这块人人向往的土地。跨过故居正门的门槛，神龛、堂屋、锅灶、水桶，我的脑海里想象着主席幼年的生活。我们又来到毛泽东父母的卧室，一切都显得朴素洁净，东墙上还挂着毛泽东父母遗像，母文氏脸部饱满，眼神沉静，嘴角微合，显得宽厚慈祥。与此相邻，便是毛泽东少年时代的住房，与其父母卧室相似，陈设简单，黑色架子床，青色粗布被子与床单，床边还挂着一盏桐油灯。我想象着少年毛泽东有多少个夜晚，曾在这盏灯下阅读革命书籍，苦苦追求着真理啊！

农具室、谷仓、牛栏，我们一一小心地看过，轻轻地走过，一切都那么自然生动，一切都那么朴素亲切，仿佛年少的毛泽东就在那里劳作着，我们不忍心惊动。

走出主席故居，我们的眼前是一大一小的两方池塘，如两块洁净的镜子。据说主席当年就常在这里游泳，也许那时的他就已满怀着"到中流击水，浪遏飞舟"了吧？

静静地，轻轻地，来此参观的人虽多，但人们都是静悄悄的，脸上的表情是满怀敬仰的。碧绿的山，清净的水，朴素的房舍，也许，平凡真的往往孕育着伟大吧？我想把一位诗人的诗抄写几句作为结尾：谁能忘却？\从这里飘出的一角长衫?\从这里踩出的一行脚印?\从这里亮起的一支火炬?\此刻，宁愿在这远远的一角，让沉静去代替拥挤。\站在八十年代的早晨，我想起九十年前那声婴啼。

青山印象

　　大自然青睐克什克腾，把世上美丽的景色都给了她，这不，美丽的达里湖、壮观的阿斯哈图、珍稀的云杉林还没看够，又出来个让人留恋忘返大青山。

　　不知该怎样形容大青山的美，大青山美在他的石。

　　大青山的石奇，就像是造物主精心制作的石雕随手零星地放置在这里，大青山的石头如物似人，有的如母子相拥，有的似顽猴翻书，有的如猛虎下山，有的如雄鹰傲踞，都是那么栩栩如生活灵活现。

　　大青山的石大，大得有点儿离谱，怎么就有这么大的石头呢？走在巨石上，就像是走在平地城市里用花岗岩铺就的广场上，感觉不到它的存在，可以撒欢地跑。这么大的石头，竟能一块块"垒"到天上去，我的天！

　　大青山的石怪，那么一块巨石脚尖点在另一块更大的石头上，几千年几万年地站在那里，愣是掉不下来！大青山的石怪，更怪在山顶那些巨大的石头上面布满了数百个大大小小的冰臼，他们如同一个个浴盆，等待着登上顶峰的人们来洗浴纳凉。大小不同形状不一鬼斧神工的冰臼群，应是大青山最大的特色了。

大青山的石是浑圆的，不锋芒毕露，不面目狰狞，不拒人千里。大青山的石头是平易近人的，你可以攀登他，你可以躺在他的身上。大青山就像一个壮硕的北方汉子，千万年来，他就这样静静地站在那里，稳重，不张扬，任凭岁月的侵蚀。

如果说大青山的石是红花，那么花草树木就是他的绿叶。如果没有这些"绿叶"，大青山的石就显得太单调。那些白桦林，那些不知名的花草，让人们难以忘记，他们像绘画中的留白，使大青山更加神秘更加立体更加多彩。峰回路转，远看那一片群山在绿色的峻染下，真的是"景色如画"了。

面对大青山，我还是不知该如何描写他，我不想把太多的溢美之辞堆积在他的身上，那样就把他写成了黄山泰山。那样的名山是美的，但他们离我太遥远。大青山就是大青山，他可能比不上那些有名的山，但他就像我邻家的伙伴，一有时间就能和他见个面，他就像我家的后园子，我可以随时去玩耍。他也像我的大哥，有什么烦恼都可以向他倾诉，他是我的依靠。

大青山上的蝴蝶可真多，黄的，黑的，白的，飞来飞去，一点也不怕人，有时还大大方方地飞到我的肩上、头上，与我打打招呼，对啊，他们也是大青山的主人嘛。我发现它们飞的姿势都是那么与众不同，翅膀平直，如飞机那样，就如同大青山一样，自信、稳重、安详。

有一点让我有些不安，那就是，大青山太渴了。大青山的树和草都有些蔫、有些黄，他们都在大喊：渴，渴啊！我希望老天爷快降甘霖，让我们的大青山润朗起来，活泼起来。

游南戴河

对于一个从小到大从没见过大海的人来说，当他第一次面对大海时那激动的心情是不必说的。当我与同伴们站在南戴河面前，望着那一望无际的大海时，以往实际景色总比图画影视稍差一筹的印象被打消了。南戴河与我想象的一样漂亮而充满诗意。

我们迫不及待地扑向大海，第一次与海水"肌肤相亲"，感到是那样的惬意，其间也不免喝了几口海水，真的是咸咸的涩涩的。南戴河是新开发的旅游区，所以海水要比北戴河清洁许多。

晚上，大家游兴未减，都吵着还要去游，于是便坐上车又奔南戴河。夜晚的南戴河更是别有一番景色，一轮明月正高悬大海上空，"海上生明月，天涯共此时"的诗句不由脱口而出，微微发黑的海水闪闪发光如撒了碎银。远处一束灯光在闪，人们说那是航海指示灯，我想此时也许有辛勤的水手正驾船在那儿走吧？

晚上，正是海水涨潮的时候，"春江潮水连海平，海上明月共潮生"，多美的诗啊！海浪像温和柔顺的女人轻舒长袖，想把我们揽入怀中……，一个十五六岁的少女穿着白纱裙蹦跳着追赶海浪，又惊喜地尖叫着退回来，此景、此情，哪一处不是诗哪一处不是画呢？

　　已是十点多了，我们不得不返回驻地，因为大家都相约好明早还要看海上日出呢！第二天早上 4 点半大家就不约而同地起床了，赶到南戴河时，已有许多游客在海滩上寻找海贝了，真是"莫道君行早，更有早行人"啊！太阳还没出，但天际已白，潮水已退，洁白的贝壳随处可见，我拾了满满两衣兜。唯一遗憾的是，天边有层云遮住了日出，直到一人多高时太阳才露出笑脸，虽如此，但毕竟是不虚此行，我们的意外收获不小呢！

　　汽车一遍遍按喇叭，该回去了，我们恋恋不舍地离开她，南戴河。回到家，掏出一枚海贝，潮潮的还有海腥味儿，放到耳边听一听，似乎还能听到海涛声。我仿佛又看到了那辽阔而美丽的南戴河！

梦里秦淮

走进南京，就如同走进中国最大的历史博物馆，连吸进的空气都似乎饱含着浓浓的历史的气息。

吴宫花草、晋代衣冠、明祖大殿、天国烽火……，1700年来，这座六朝古都上演了多少可歌可叹的故事？

读南京，如同读一本厚重的历史书，短短的时间里总感觉有些力不从心。不过，相对于巍峨的明宫、肃穆的中山陵，我还是更喜欢秦淮河。"金陵自古帝王州，秦淮自古多情水"。是的，也许因了李香君，也许因了杜牧的《泊秦淮》，是那多情幽怨的一瞥、是那纤纤玉指中香扇的微风，秦淮河在我的印象中是美而多情的，是诗意的。

可那天第一次来到秦淮河时，我还是有些失望。

"夜幕垂垂地下来时，大小船上都点起灯火，从两重玻璃里映出那辐射着的黄黄的光…… 我们这时模模糊糊的谈着明末的秦淮的艳迹，如《桃花扇》及《板桥杂记》里所载的，我们真有些神往了。我们仿佛亲见那时华灯映火，画船凌波的光影了……"朱自清是幸运的，他还能在桨声灯影里的秦淮河作一番美丽的遥想，而我则只能在摩肩接踵的人群里翘脚尖看一眼灯火辉煌的秦淮河。也无法去感受一下这承载着六朝粉黛们的香脂与清泪的秦淮河水，只看见河水是黑乎乎的，到处挤满坐船的人，嘈嘈杂杂。彩色灯泡绘制的灯火中，现代化的广告牌更加显眼，哪里还有诗意的影子？

第二天一大早，我独自又去了秦淮河，此时的秦淮河静静的，只有几个老人在夫子庙的路边打着太极拳。粉墙黑瓦倒影在碧阴阴的河水里倒还有些情趣，让人看到些许印象中的影子。

历史如这秦淮河水缓缓东去，逝去的永不再来。保护与发展永远是一对矛盾。

但不管怎么说，秦淮河还在，粉墙黑瓦还在，李香君的故居还在，你总还可以作一番多情的追忆与怀想，这也聊胜于无了。

断桥断想

　　提起断桥，许多人也许马上想到杭州的西湖，想到白娘子与许仙，想到他们那段悱恻缠绵的爱情故事。

　　可西湖的断桥毕竟是个幻觉，白娘子的故事也只是个美丽的传说。我要说的断桥却是个真实的存在，它位于辽宁省丹东市，座落在中朝两国的界河——鸭绿江上。此桥是日本人所建的一座美丽壮观的大铁桥，为中朝两国陆上往来的唯一通道。1950 年 10 月 8 日，美国为阻止中国人民志愿军过江支援朝鲜，竟疯狂地炸断了这座桥。

　　拜访断桥，是在深秋的一个黄昏。半截铁桥静静地卧在鸭绿江上，邻近朝鲜的那一半，已只剩几只桥墩。一抹夕阳，淡淡地抹在断桥上，更显出几分庄重、几分沧桑。

　　断桥对游人开放是上个世纪九十年代的事儿，如今已成为丹东的重要景观之一。漫步在断桥上，看着两边关于断桥的历史介绍，听着桥上播出的低缓凝重的音乐，人们不禁抚今追昔，感慨万千。抚摸着断裂处翻卷着的铁皮，我的眼前仿佛出现了那漫天的硝烟，夹杂着弹片与铁桥的残肢，耳旁似乎听到炸弹从天而降的尖叫与炸桥时那震耳的轰鸣。

站在断桥上，俯视着淡绿的鸭绿江水，多少往事，都已随滚滚江水东逝，只有这断桥，已形成一段凝固的历史，永远向人们诉说……

　　据说，美国人炸桥时，我军早已胜利地跨过鸭绿江，雄纠纠气昂昂地进入战场了．美国人很愚蠢，你虽能炸断一座铁桥，但你能炸断中朝人民的友谊吗？你能炸断保家卫国战胜邪恶的信心吗？是的，这一切是炸不断的。历史早已掀开了崭新的一页，如今的鸭绿江两岸已是一派生机勃勃的景象。一座更加高大雄伟的铁桥早已横跨在鸭绿江上，成为中朝友谊的大通道。

　　两座桥，并肩而立。

　　一个讲述着历史，一个展望着未来。

鱼儿咬我

　　造物主真是不可思议，万顷沙海中竟安置了这么一处水草丰美的所在。勃隆克——如沙漠中放置的盆景，让人恍如梦中。

　　相对于沙山和草原，我还是最喜欢这片片沙湖。赤足走在沙漠，你可能一时感到的是眼前的广阔与足下的舒适，但一想到我们的家园正被你脚下的黄沙渐渐吞噬时，你还会喜欢它吗？还有草原，如今的草原早已不是"风吹草地见牛羊"的妙龄女子，如今的草原已是徐娘半老强打精神在迎接慕名而来的客人。天灾人祸已使她百病缠身、面容苍老。我不忍心再去打扰她。

　　还是看看这沙湖吧，正是它们给这里带来了生机与活力。

　　正值午后，太阳火辣辣地照射着，站立湖边，却只觉得清风扑面凉爽无比。水鸟在上空盘旋着，忽而直冲水面，还未等我看清它是否捉到鱼儿时，它又轻灵地飞上天空，带起一串细小的水珠在阳光下闪烁。哦，看那水边的草丛中，有那么多的蓝蜻蜓在飞！这漂亮的蓝精灵，你们起起落落，是在奏一首蓝色之歌吗？

　　我们跳入湖中游泳了。打扰了，水鸭子，打扰了，鱼儿们！就在我们静享湖水那无比的清凉时，有人忽兴奋地大叫："鱼儿咬我！"继而大家都先后享受了鱼儿们的"亲吻"。鱼儿的"亲吻"痒而微痛，于是我们只能不停地游动。欢快的笑声飘向沙湖的上空。

人在大自然面前永远是孩子。当你融入大自然中时，你便忘了所有的烦恼！

细雨蒙蒙黑里河

　　没想到与黑里河的第一次谋面竟是在蒙蒙细雨中，更没有想到，雨中的黑里河却显出她平日里难得一见的独特神韵。

　　真是山沟里飞出了金凤凰，谁会想到，荒原秃岭的塞北竟也有这么一处绝妙所在。"塞北的江南"，我相信到过这里的人们多会这么感叹。

　　负责接待我们的宁城森警大队宫教导员说："你们来的是时候，不是阴雨天是很难看到云雾飘绕的黑里河的。"

　　我们环视四周秀丽的山峦，它们在云雾缭绕中时隐时现，犹如仙境。这才是真正的山啊，充满灵性，充满神秘。哦，还有这绿色，这满眼的绿啊！大片大片的绿，在细雨中濡染成团团的绿雾，毫不吝啬地包围了我们。

　　这么美丽的山我们怎能拒绝接近？见我们执意要登山，队里安排一位姓胡的排长和一个四川籍的小伙子为我们带路。小雨仍是淅淅沥沥地下着，山上的草木因雨水的冲洗愈加鲜活，巨大的柞树叶子苍翠欲滴，红红的山丹花、嫩白的山芍药含露微笑，还有那么多不知名的植物都在雨中伸展着腰肢，它们若被带到城里，均是盆中美景。

我们在茂密的林中穿行，雨点落在树叶上，然后又流到我们的身上、脸上。当我们气喘吁吁地到了半山腰，胡排长问我们还登不登时，我们异口同声地要求继续前进。等我们登上山顶时，才发现我们的辛苦太值了。我们为眼前的景致陶醉了。"此景只应天上有，人间能得几回看？"俯首探视，我们的脚下是翻滚的乳白色的云海，抬头远望，高峭的山峰在云雾中若隐若现，这不是仙境又是什么呢？

俗话说，"上山容易下山难"。真是不假，下山本不易，再加上下雨路滑，我们个个东倒西歪。但每当我们要摔倒的时候，总有两个战士的双手及时地伸向我们。这座山他们已爬过多次，但为了我们，他们甘愿冒雨为我们领路，四川籍的小战士始终在前边领路，并拿着小木棍儿"打草惊蛇"，胡排长话不多，人显得有些腼腆，但心细入微，当我们在半山腰休息时，他变戏法似的把一束山花送给了我们的刘玉琴副总编，他的声音不大，动作也很快，当时大家都在远望群山，并没有几个人注意到这一幕。但这一幕却深深地打动了我。我想，身为作家的刘总，手执这束带着清新雨水的鲜花，心中该是怎样的感动呢？

雨中的黑里河，黑里河的战士，还有那束雨中的山花，它们重叠在一起组成一幅画，永远定格在我的脑海中。

第三辑

那年那月

爷爷来了

在我印象中，爷爷似乎没来我家几次。爸爸带我回老家，也总是见他歪在炕上抽烟或扎大烟。给我印象最深的是他的眼睛，虽不大，但又圆又亮，亮的有些怕人。他训斥我们总爱说"兔崽子"。我小时候爱想家，父亲带我回老家，白天与伙伴玩疯了，父亲走时问我走不走？我随口就说不走，住下了。可到了晚上，想家了，哭个不停。每到这时，爷爷总要瞪着眼睛训我："兔崽子，没出息！"

爷爷到我家来了，我记得那天他似乎兴致很高，依着被垛给我哼了一首《三大纪律八项注意》。

爷爷有个习惯，吃饭吃到半道儿爱停下来说话或养神。起初母亲并不知道。有一次爷爷来我家，吃饭吃到一半时，爷爷把饭碗一推与别人说话去了，那时我们都已吃完，母亲便开始撤桌子了。这时爷爷发了火，埋怨母亲没规矩，弄的母亲很尴尬。

爷爷爱扎大烟，最终也死在扎大烟上。由于扎大烟，爷爷背上长了个大包。有一次从炕上站起来摘挂在顶棚上的盛大烟的篮子，却不小心摔到了地上，背上的包由此开始恶化，先是化脓，后来开始烂了起来。

家人想尽办法治疗，可没能阻止病情的恶化。大哥占生是村医，有一次拿刀刮伤口上的烂肉，连平时心肠最硬的二伯看了都忍不住落下泪来，二伯会杀猪，他说："爸爸，我拿刀子把你捅了吧，别受这个洋罪了！"爷爷虚弱地点点头："占生啊，你可害了我了，治不好了，还不如早点儿死了，少受点儿罪。"

爷爷死于１９７６年的冬天，那一年不只我们悲痛，全国人民都悲痛，因为这一年周恩来、毛泽东、朱德等伟人相继去世，还有唐山大地震，人们感到天都要塌下来了！

记得那天一早，母亲刚把饭桌放到炕上，父亲正在洗脸，大爷家的占青二哥就急匆匆地闯了进来："五叔，我爷爷'老'了！"父亲一愣，毛巾一下子掉到水盆里，半天没说话。父母胡乱吃了几口便乘车往老家热水赶。留下我看门。记得那天上午我还背着半袋玉米去加工，回来时有人还逗我："袋子漏了，快倒过来看看。"我没有理他们，继续往前走，心里想着爷爷的样子，只想哭。

我们和二舅爷家亲如一家。二舅爷家也就是父亲的姥姥家,由于父亲到于家杖子教学,我们一家也随父亲到于家杖子,能在这里立足,全靠舅爷家的帮助。奶奶常从老家热水来这里,一是住娘家,二是为了看儿子。同奶奶一起常回娘家的,还有奶奶的妹妹,我的二姨姥姥。我从不叫她姨姥姥,二是叫她姥姥,因为她是长明子的姥姥,而长明子是我的亲叔伯弟弟,是四大爷的儿子。时间长了,我们就以为她就是我们的亲姥姥。母亲说,你还没出生,你的姥姥就去世了。

奶奶与姥姥既是姐妹又是亲家,亲上加亲。老叔常套上毛驴车拉着老姐俩住娘家去。那时二舅爷与二舅奶也是五十多岁的人了,四个老人坐在炕头上姐姐长弟弟短地闲谈,在我们这些孩子看来很是好玩。二舅爷的儿媳背地里对人讲,她不喜欢奶奶,奶奶在家时儿女多,几乎不干什么活。所以到娘家就更不可能去帮着干什么,而且有时还要挑些毛病,总拿些做大姐的派头。而姥姥在家就是劳动主力,也享不到奶奶那么多的福,习惯了,在娘家也呆不住。姥姥也长得慈眉善目,说话舒缓和悦,因此很得人心。我小时极瘦,姥姥常拉着我的手说:"军啊,我给你说,让你妈每天给你煮个鸡蛋吃，你就胖了。"每当听到这话，我总是对老老笑笑，我知道，这是不可能的，那是什么年代啊，况且我身后还有几个弟弟妹妹呢。如今，生活条件好了，每天都能吃鸡蛋，人也胖了。一吃鸡蛋，我就想起姥姥的话，想起姥姥慈祥的面容。

二舅爷有两儿两女，再加上寄养的三舅爷的小女向兰，五个孩子。大女儿叫什么我已记不清楚，只记得人们都叫她老韩，因为她丈夫姓韩。老韩有老烂腿的病，整天一拐一拐的。她有个儿子，小名叫不稀见子，据说取这样的名字长命。不稀见子常跟他母亲来姥姥家，他一来总是弄得鸡犬不宁，我们都不敢跟他玩，老远地躲着他。

小女儿向芬老实，而向兰更聪明更乖巧些。由于她的特殊身份，全家都很照顾她。因此也多了几年书。后来，他的婚姻不太美满，再后来，她改嫁到东北的阿荣旗去了，如今也没什么音讯。向芬嫁到热水一个老实厚道之家，生活清苦，但也平和。

于永臣是二舅爷的二儿子，我们叫他二叔。二叔在兄弟姐妹中应算佼佼者。他先当队长，后到村委会工作，在村里是很有威望的。只是二叔的脾气不太好，尤其是跟二婶儿常常打架。这里面有很多原因，一是他脾气不好，二是二婶儿为人有些大大咧咧，做事有些不知轻重缓急。好在二婶儿脾气出奇地好，任二叔怎样破口大骂，她均"嘿嘿"一笑。但也由笑不出的时候，那就是二叔抄起家伙要打她的时候。有一次，我们正吃晚饭，忽见二婶儿大哭着跑来，后面追来手持铁锹的二叔。若不是父亲严加相劝，还不知要闹到什么程度。

其实，二叔的爱发脾气还有一个重要原因，那就是二婶儿接二连三地给二叔生起丫头来。头胎是丫头，二胎是丫头，等第三胎又是个丫头时，二叔气得连屋都未进，转身跑到队里去住了。

二叔盼儿心切，给三女儿起名叫领弟，意思是这个女儿能给他领个儿子来。谁知，儿子没领来，三女儿却病了。记得那是一个初春的下午，天气暖暖的，二舅爷家门前那棵"姜丝辣花"（不知学名叫什么）开得热热闹闹的。二叔抱着刚满两岁的领弟从县医院回来了。孩子的脸红红的，眼睛半睁半闭，我默默地跟在身后。二叔说："领弟，你看看谁来了？"领弟吃力地睁开眼，微弱地喊了声"哥"，便又睡去了。那天夜里，领弟死了。那是我初次经受到年幼者之死。那天夜里，我的耳边始终回响着领弟的那声"哥"，这声音让我难忘，让我难过。那是个充满忧伤的春天。

二舅爷的老儿子叫好臣，我们叫他老叔。老叔"继承"了家族爱咳的毛病，年龄不大就咳。人长得也瘦小，老叔小时放羊，后成村里放映员，这可是个美差，村里年轻人都很羡慕。老叔还被派到县里去学习，回来后，老叔整日价拿着个小快板练："抬抬，抬抬，一抬抬""小竹板，打起来－－－"，这让我们这些孩子羡慕不已，瞅空也抓过来玩几下，可总也打不出个调调来。于是就更佩服老叔。等看他如变戏法般放起电影来，那简直就是对他要崇拜了。老叔还偷着在家里为我们放过几场电影。晚上，用布把窗户一挡，把年画拿下几张，就可以了。那时我们既激动又觉神秘的时刻。我记得我那时看过一场《烽火少年》，真过瘾啊！坐在炕头上就能看电影，别的孩子哪有这样的福气啊！

二舅爷对电影不感兴趣，他喜欢看戏，严格地说是喜欢听戏。二舅爷的眼睛不好，所以他总喜欢坐在戏台底下，他听得很投入，无论严冬还是酷暑，只要有戏，他都坐在台下，眯起双眼，津津有味地听起来。而我们这些孩子，看戏只是个由头，戏台前后地疯跑，用压岁钱买串糖葫芦才是最重要的。有一次唱《铡美案》，我们有了看戏的兴致，想看看到底是咋个铡法。可从一大早开始，那个穿黑衣服的女人领着两个孩子在那儿唱，冬天天短，这戏中间也不休息，一直唱到太阳偏西了，还没有铡的意思。我们坐在墙头上开始打瞌睡了。忽然，不知谁喊了一声："开铡了！"我们赶紧提起神儿来，瞪大眼睛向台上望去，只见陈世美被几个裸着上身的壮汉抬了上来，放在桌子上。随着一阵锣鼓声，一壮汉举起铡刀，很夸张地铡了下去，那陈世美的头卡在两桌的缝中，身子则藏到桌子底下，给人一种掉头之感。可这"彩"做得实在不怎么样，连我们小孩子都觉得假。等了一天，就为这个，不值。可二舅爷说，听戏就是听个道理听个味道，你们小孩子，不懂。

二舅爷除了爱听戏外，还爱卖东西。蔬菜下来了，他就挑上一担鲜嫩翠绿的蔬菜去卖。水果下树了，他就挑上一担黄灿灿香喷喷儿的水果去卖。每当这种时候，二舅爷就像个孩子般高兴。

小辛素荣

小辛素荣是我的第一个老师。因那时我们那里有两个叫辛素荣的，所以大家就按年龄分别叫她们大小辛素荣。

小辛素荣原是我爸的学生，她是我家的常客。小辛素荣人长得好看，眼睛弯弯的总像在笑，皮肤特白。尤其是那两根长长的辫子，更是让人喜欢。我见过她的妹妹，辫子比她的还粗还长。

让全校最漂亮的女教师当我的班主任，多好！

我天生胆小，刚上学时连上厕所都不敢，有时就尿了裤子。小辛素荣老师就常常把我抱到厕所门口，她那时还是个大姑娘，现在想起来，真的很感谢她。

有一次，父亲带我到头道营子去。在一下坡处，我的左脚踝被自行车夹伤。后来发了炎，上课也痛得不能自持。小辛素荣老师带我到村卫生所打开纱布一看，伤口上爬满了蛆虫！小辛素荣见状恶心的到外面吐了起来。但还是把我扶回了家。据说她几天没吃下饭去。

我们学校那时有一下乡知青，教我们体育。小伙子是天津人，姓郭。人长得真是精神：浓眉大眼，高鼻梁，肤色白净，头发是自来卷儿，高高的个子，身体修长。美女靓男谈情说爱是很自然的事。小辛素荣老师与郭老师谈恋爱了，后来便结了婚。郭老师与我父亲很投缘，他常到我家来与父亲长谈。那口地道的天津话我至今还记得。我记得郭老师与父亲谈话时有时显得很苦恼。那时他天津的父母正在努力想把他调回去，可他已成家立业不好一走了之。他有一次从天津探亲回来，给我带来几张小画，我还记得有几张是"青蛇"的象牙雕塑，很漂亮。至今我还保存着。

于老师与丛老师

小学时代的老师大多已印象模糊，印象深的除了小辛素荣外，还有于老师和丛老师。

于老师好像叫于凤奎，印象中他那时有四十岁左右，整天大病初愈的样子。穿一身洗得发白的蓝色中山装，戴一顶赵本山式的帽子。脸色黄黄的。他对我们的管理还是很严的。我有一次写作业时，忽然突发奇想，用蓝红两色圆珠笔写了语文作业，而且每个字左右两部分分别用了红蓝两色。作业交上去了，在我正为自己的创作洋洋得意时，于老师把我带到了父亲那里（那时父亲是校长），父亲狠狠地批评了我一通。

于老师的语文课如何我已没有什么印象，在说那时也不注重学习，是个整天写大字报的时代。我只记得于老师一上课就在讲桌上写毛笔字。字写得如何也不记得了，也没听见别的老师夸过他的字，只记得他用的墨汁绝对是一种特次的墨，总发出一股臭味儿，浓得满屋都臭臭的。

1976年我们搬回老家热水，过不多久，就听说于老师去世了，那时他大概也就五十几岁吧？

丛老师叫什么已记不清了，他当时也就二十几岁，个子不高，肤色微黑，嘴唇厚，门牙稍稍探出，所以嘴总闭不拢。他爱发火，我没记得他给我们上过什么课，只记得有一次下午放学时，他又开始训我们了。大家都想回家，七嘴八舌不住口，根本不听他的，于是丛老师气得暴跳如雷，一会儿坐在椅子上大叫，一会儿又站起来在讲台上走来走去，"你们－－－"，他手指我们已气得说不出话来。而我们已对他这种举动习以为常，继续有说有笑。突然，我们被丛老师的举动惊的一言不发了。只见他坐在椅子上，双手捂脸趴在桌子上呜呜地哭起来！我们班有个姓辛的学生，人长得又瘦又小，机灵又调皮，他如猴子般在班里又蹦又跳，他说："大家一起哭吧！"于是壮观的景象出现了：全班的学生与老师一起埋头"痛哭"起来。有的学生"假戏真做"，真的流下泪来。姓辛的同学还在过道里跑来跑去做动员："化悲痛为力量吧！"

　　这场"闹剧"不知是怎么收场的，回家的时候，天已黑了。月亮都已明晃晃地挂在树梢上了。走在回家的路上，一想起丛老师一个大小伙子哭得那么悲伤，心里也不太好受。不过这种感觉马上就烟消云散了，老家热水的长命与长栓来了！正坐在大门口的石凳上等我呢！

陈氏兄弟

　　父亲生性善良温和，善交朋友，所以来我家的人不少。陈氏兄弟就是其中的常客。弟弟陈学文，我印象不深了，我家现在还有他的照片，好像是他当兵的时候照的。照片是那种当时特流行的黑白照。有扑克牌的四分之一大小那么一条，也许是摄影师是蹲着照的吧，照片上的陈学文威武挺拔，腿特长，背着手，小眼睛很有神地目视前方。他与哥哥陈学义来我家时常带吃的。汽水、面包那时绝对是奢侈品，我似乎也是在那时第一次吃到。那种甜美的感觉如今吃多少面包喝多少汽水也难以找到了。陈学义长得比弟弟更精神，浓眉大眼，性情稳重。喜欢照相。有一次他喝多了，从衣袋里掏出一把钞票来叫我认，那时我钻到被窝里要睡了，听说后来了精神，认钱还不容易吗？更让人兴奋的是，陈学义说我能认出的钱就归我了！"一毛"，"两元"———，不到五分钟，我就把他那一把人民币认过来了。现在想想，那一把钱也就五六块的样子，可在当时，在我，那可是了不得的大事了！兴奋的我几乎一夜未合眼。陈学义什么时候走的我已记不清。可第二天一早，父亲就从我枕头下抽走那沓钱还给了陈学义，这让我懊恼了好几天。

知道陈学义会照相是后来的事。那是我们搬回老家热水的第二年的正月的一天，陈学义来了，脖子上挂着个"快匣子"。中午，他与父亲把盏对饮，久别重逢，话多，酒也喝得多，他有些醉了。见我们摆弄他的相机，他把酒杯一放："走！照相去！"

　　我四岁的时候照过一张像，一直到现在还没再照过呢。其他的孩子像长栓长命等还没有照过相呢？所以大家高兴极了，你一张我一张地照了起来。一传十十传百，叔叔大爷们大娘婶婶们也换上自己最好的衣服来了。

　　我们盼着陈学义快些把照片洗好送来，父亲说他喝多了也许早把这事忘了。可时间不长，他还真的送来了。照片上的我们因紧张而显的拘束呆板，表情有些羞涩和不安，但那神情是认真的，那笑容是真诚而朴实的。

小城子叔叔

石彬是我父亲的结拜弟弟，因他家住宁城小城子，所以我们叫他"小城子叔叔"。"小城子叔叔"人善良，个子不高，白而微胖，双眼总含笑意，说话柔软温和。他常来我家。父亲有些懒，到他家去的次数不多，算来那时他们只有三十四五岁的样子。"小城子叔叔"也是当地小学老师，因此两人话语不断，如亲兄弟一般。"小城子叔叔"一来，我们都很高兴，不只是因他带来好吃的东西，还因他脾气好，爱跟我们玩儿。那时妹妹与弟弟太小，主要是跟我玩儿。我至今记得我与父亲及叔叔在村头散步的情景。"小城子叔叔"常如农村女人住娘家一般在我家呆上几天，因为他是常客，所以大家都没把他当外人，有什么吃什么。他吃饭总是细嚼慢咽的，而且爱说话，因此常常拉在后面，父母也并不等他，吃完就退到一边看他自己吃。他也不在乎，继续细嚼慢咽。"小城子叔叔"生活得四平八稳，没什么太多的嗜好，父亲爱玩儿牌，爱抽烟，"小城子叔叔"这些爱好都没有，他总是那么干干净净，平平静静地生活着。

"小城子叔叔"直到现在还坚持着隔一段时间就到我家来看看的习惯。９８年我到小城子采访，顺便到了"小城子叔叔"家，算起来已有十几年未见面了，叔叔已老了许多，衣着也没以前那么讲究了，喝酒也只是象征性地喝几口，因为有结肠炎。他不停地回忆以前在我家的日子，并描述我小时的情景，话语间颇多感慨，夹杂些许惆怅。

富
德

　　富德哥哥参加大会战时把脚砸伤了，正坐在炕上养伤。早晨的阳光
从窗户上斜射进来，正照在他那只缠着雪白纱布的脚上，纱布的边上还
能看见发紫的红药水儿。富德哥哥的娘早就没了，爹娶了后娘，他很小
就自己过了，和我们是邻居。福德哥长得一表人才，人又勤快，把家料
理得井井有条。福德哥有了未婚妻，这几天就来家伺候福德哥哥。

　　老姨来了，给了我、弟弟、与妹妹一些糖，我们一人抓了一块含在
嘴里，母亲说："你福德哥哥的媳妇来了，你们还不去看看？"

　　我们进屋的时候，福德哥哥的媳妇正打扫屋子呢。高高的个子，人
挺瘦，挺白，只是眼睛小些，可那两条辫子又粗又长，把我们的眼睛都
看直了。福德哥哥悄悄地对我们说："你们去问问她是谁啊？怎么在这
儿呆着不走？"那媳妇听见了，把脸飞得通红，赶紧转过身拿起鸡毛掸
子打扫并不存在的尘土，两条大辫子随着身子晃来晃去。

　　福德哥哥见我们吃糖，便问："你们家谁来了？"我们说："老姨
来了。"福德哥哥眨了眨眼，不怀好意地说："你们回去说对老姨说'老
姨老姨花肚皮'，我给你们一人三毛钱。"于家杖子这地方开玩笑不太

讲究老幼尊长。我们知道这话是不好的不能向老姨说，可那三毛钱能买不少糖呢！我说："我们去说，你给我们钱吧。"拿上钱后，我拉着弟弟妹妹到小卖部买了糖，又到福德哥家："我们说了。"福德哥听罢嘿嘿地笑了。我们含着糖也向他笑，心里说：傻冒，骗你呢。

大姨

　　大姨坐在我家炕上"哧——哧"地一边纳着鞋底一边跟母亲说着话。大姨和母亲是亲叔伯姐妹，嫁到一个村子里，自然走动的勤些。大姨家人多，大姑子小姑子公公婆婆再加上他们一家，一大家子十几口人。大姨说："我们家那个小芬，惯得不像样儿，吃饭时吃一口让我添一口饭，你说哪有这样的？"

　　小芬是大姨的小姑子，是姐妹七人中的老小，从小就娇生惯养，爱耍小性子。

　　那天我和小芬，还有铁梗子、铁籽玩儿"跳房子"，铁梗子是大姨的大女儿，长的大手大脚，比她小老姑小芬还小一岁，但比小老姑还高还壮。铁籽是大姨的二女儿，爱流鼻涕，两只棉袄袖子上擦得亮铮铮的。玩够了，我们又到小芬她妈屋的炕上"过家家"，玩着玩着，小芬说："我假装死了，咱们玩儿大出殡吧。"于是我和铁梗子把小芬她妈的大花被子铺在炕上，把小芬放在上面，然后一人抓起两只被角，抬了起来，几个孩子"嚎啕大哭"起来。"干什么呢？你们！"大姨听见哭声，赶紧过来看，"你们别瞎折腾，看你奶奶回来骂你们！"

我们的游戏被大姨搅了，于是都坐在炕上发蔫儿。我忽然想起大姨告诉母亲小芬的事，于是便向小芬说了，小芬说："你胡说！"我说："是大姨告诉的。"

　　过了几天，大姨来我家，进门就对我说："你这孩子，你什么时候听我说小芬了？"大姨告诉母亲：小芬在她母亲那儿把大姨告了，婆婆很生气，和大姨几天不说话。母亲于是斥责我："小孩子家别乱传话！"

　　我知道惹了祸，便一声不响地溜到院子去玩儿了，蹲在墙根看蚂蚁爬。

春天一到，杏花就开了。

杏花一开，风远就忙了。不只风远忙，他的老婆，儿子、女儿，都要忙。忙什么呢？忙着守看他们的杏花。

风远家的杏树有些年头了，杏大仁儿甜，好吃。可这棵杏树长的位置不好，树冠一半儿在墙里，一半儿则探出了墙外，于是就引来了不少麻烦，每到杏花开时，风远的烦恼就来了，因为总有淘气的孩子采他的杏花，接着便摘他的青杏儿。这风远家境贫寒，且较吝啬，孩子们采杏花，让他捉住就能打你个鼻青脸肿。有一次，一个叫留栓的孩子用石头打下一个半生不熟的小杏，刚吃下一半儿时，被风远捉住了，他掐住孩子的脖子硬要孩子把杏吐出来，差点儿没把孩子掐死。还有一次，一群孩子正在树下仰脸看杏花，忽然一桶大粪从墙里泼了出来，把孩子浇了个透心凉！

风远的小气与狠毒招来大人的不满，于是许多大人也开始故意跟风远一家作对。花开了，拿石头投，花如雪片儿般落下来。小杏刚长到手指肚大小时，大人们扛着锄头路过时，用锄头一搂，青杏便如冰雹般砸下来……

于是大大小小的"战争"就因这棵杏树爆发了。

这棵树简直就成了"灾星"。风远一来气把墙外那半拉树冠砍了，可由树引发的"灾难"并未结束。有一次，一个叫国平的孩子到风远家买杏。国平和我们都是好伙伴，他很顽皮，常见他的奶奶捣着两只小脚满村子追他骂他。国平来买杏时，风远正在院子里忙着，风远说："我给你找个杆子打一些吧。"国平说："不，打下来的有伤，不好吃，我上树摘吧。"说完，把凉鞋一脱，向两手心里吐了几口唾沫，"蹭噌"几下，国平就像猴似地爬到树梢上去了，正摘得高兴呢，没想到脚下的树枝"叭"地断了，国平一下子从树上摔了下来，他的大腿摔断了。

这事是我们搬回热水以后发生的。几年以后，我们都已是二十出头的小伙子了，有一年我到于家杖子。见国平拄着双拐一拐一拐地走着，心里很不是滋味。

后来听说，风远日子比以前强多了。杏熟了，他就摘一些送给邻里吃，村人对他的印象也渐渐好转。现在想想，风远当时的做法虽说有些过分，但也可以理解，他的日子太苦了，就指着这棵杏树买油盐酱醋茶呢。

可是，又有更大的不幸降临到他的头上，他的大儿子大民在机井里洗澡时被淹死了！大民比我小两岁，憨憨的，长的挺壮实，因家里穷，在夏天，他就整天光着屁股跑，晒得皮肤黑黝黝的。

我听说，风远自从大儿子死后，精神大不如前了。

五保户

　　五保户是那个时代特有的名称。具体哪五保我至今也不清楚。我只知五保户是那种无儿无女无亲人的孤寡老人，印象中几乎每个生产队都有一个五保户。那时队上都有饲养院，五保户都住在饲养院里。我们队里的五保户是个盲人，是个慈眉善目的老太太，村里人对她很好。有一次，五保户的一只芦花鸡下蛋了，一个孩子说："奶奶，我给你捡鸡蛋去。"五保户说："好孩子，去吧。"那孩子捡了鸡蛋偷偷放在自己的衣兜里，被我们发现后好一通批评，最终他把鸡蛋乖乖地放到五保户的小柜子里。

　　在农村，秋天里的饲养院和冬天的粪堆上是孩子们最好的"战场"。冬天的晚饭一过，孩子们便聚集在一座座粪山上"开战"了，常常玩儿得忘了回家睡觉。而秋天的饲养院，那堆成山的秫秸垛是我们捉迷藏的最佳场所，五保户的小屋，就成了我们最好的"大本营"了。渴了，来喝一瓢水，饿了，去锅里掰块玉米饼子，累了，就爬在小炕上听五保户讲故事。五保户的故事可多了，她眼不好，又不识字，哪来的那么多故事呢？有一次，她还告诉我们说，我们脚踩的土地下还有人住呢！她说她的奶奶告诉她，有一次她的奶奶正在院子里喂鸡，一只手从地上伸了出来说："大姐，把你家的筛子借我用一下。"这故事让我们又惊又奇又兴奋，还有些害怕。没事的时候，我常望着地上，胆战心惊又有些希望有一只小手伸出来……

五保户病了，而且病得不轻。队上已为她做好了棺材。过了几天，五保户不行了，等人们七手八脚为她穿送终衣服时，她忽然活了过来！她说，她恍惚落进一口深不见底的井里，等她就要挨到水边时，一只大手把她托了上来。

"死而复生"的五保户活得更精神了。队上于是把棺材拆开做了育红班的课桌，孩子们就在这又长又厚的棺木上写字读书。大人们晚上也常坐在这儿开会、排节目。

姥爷病了

　　姥爷病了，母亲带着弟弟三天两头地回娘家。姥爷得的是癌症，那时人们得癌症或诊出是癌症的不多，得了癌症等于判了死刑，于是母亲常回去看姥爷，病情好一些，就返回来，一重就赶回去。

　　我对姥爷的印象不深，但还始终记得他的样子。母亲带我去过姥爷家几次，恍惚记得姥爷家的人总让我唱样板戏。几段样板戏我已唱得不耐烦，而他们却百听不厌并啧啧称奇。那时姥爷一大家子住在一座大山里面，四周开满野花。姥爷与姥姥跟大舅一家过，我与大舅家的存粮、贤惠、玉良一起玩儿，漫山遍野地跑。晚上喝粥吃咸菜，记得那时大舅家的大海碗白瓷蓝花，很好看。现在想想已恍如隔世，大舅一家这二十几年连遭不幸，其惨其痛不是一般人能想象和承受的。但我的大舅与大舅母硬是撑了过来，这需要多大的承受力啊！我想到一个词：活着。

　　姥姥在我未出生时就已去世，连张照片都没留下。

　　母亲去看姥爷的日子，也是我最寂寞的日子。在我看来，母亲即是"家"，母亲不在，家似乎也不存在了。姥爷去世了，母亲在娘家待了十几天，其时似乎正是暑假，不少学生来我家找父亲，他们在一起聊天，有时就去八里罕照相。于是就剩我一人落落寡欢，放猪，看书，或到小河里玩水，玩父亲给我做的水枪，水枪的水柱射到河里，激起一串寂寞的水泡。

有一天

有一天午后，我正在饲养院门前的大石槽子里玩儿水，没有别的孩子，槽里的水清澈冰凉，一只小羊过来喝水。远处的树荫下几个女人正纳着鞋底唠着家常。弟弟跑来了说："妈叫你回去。"我问啥事，弟弟也不答话，回到家，妈妈就问："你不好好看家，小鸡呢？"可不是，那六只小鸡呢？我和母亲与弟弟妹妹找啊找，可就是不见踪影。忽然，我听见了鸡的叫声，似乎挺远的，可在哪呢？妈妈说："是不是掉到老鼠洞去了？"用手电筒往柜子底下的老鼠洞照，没发现什么。可明明听见鸡在叫啊！这是爸爸回来了，他也帮着找了起来。他听了听鸡叫声，忽然一下子跑到柜前，猛地打开柜盖，嘿！六只小鸡正挤在一起叫呢！这时弟弟才说："哎呀，是我放的，我忘了。"气的妈妈给了他一巴掌："你个唆鬼，这不把鸡给捂死？！"

端午节到了，一大早，母亲就把我们叫起来，说趁太阳没出来赶紧去采艾蒿折柳条，到河里洗脸，这样一年才有好运气。我睡眼惺忪地赶紧穿衣服，等我办完一切往回走时，发现太阳马上就要露头了，于是撒腿往回跑。等我跑到家时，那太阳已露出笑脸了。

锅里的粽子熟了，母亲掀开锅，哈！真香啊！扒开棕叶，黄黄的粽子与棕叶处拉出粘粘的丝儿来。吃完粽子，拿上属于自己的几个鸡蛋，上街与伙伴比谁的鸡蛋大，伸出手腕儿比谁的彩线艳。

　　过了好多天，才忽然发现手腕上的彩线已不见了。这时，我们又盼着过中秋了。

玩具

想一想现在的孩子真幸福，有那么多玩具。我童年的玩具是什么？记忆中父亲给我买过几件小玩具，但印象最深刻的还是那些小昆虫，还有些自制的小玩具，它们给我带来的乐趣一点儿不比现在的孩子少。细想一想，过去与现在的孩子谁更快乐呢？难说。

蚂蚱，应该说是我儿时最常玩的东西了。那时常常拎着一个大罐头瓶找上几个伙伴上山，一抓就是一罐头瓶。有时也一个人去荒山上捉蚂蚱，捉着捉着，一抬头，眼前一个坟头，于是就很容易想到神仙鬼怪，想到这坟里要出来鬼怎么办？于是就赶快逃之夭夭。四周静得很，我只听见自己的呼呼的喘息。谷地里传来阵阵谷香，几只蚂蚱从头顶上"飒飒"地飞过。

被我捉回的蚂蚱，一般来说很难逃脱我的"魔爪"，结果几乎都是一个：死亡。先去其大腿，再揪掉其脑袋，最后喂鸡。不知哪位名人说过：儿童天生就是一个破坏家，还略带残忍。不假。

我们还常玩一种叫做"旦旦狗"的昆虫，这东西比蚂蚱长得漂亮，只是数量少得多，它通体修长碧绿，头有点儿像驴，按体型来说，它与

183

螳螂应是近亲，不过螳螂比它更威猛。我们捉到"旦旦狗"，常常轻轻捏住它的精干修长的后腿，它就会一上一下地跳起来，这时我们便喊："'旦旦狗'簸簸箕，你躲开，我过去。"这大概是我学到的最早的一个童谣。仲夏的田野里，尤其是傍晚，一种带翅膀的蚂蚱，我们叫它"撒大虫"，这家伙常在空中飞来飞去，我们喜欢玩这种蚂蚱，因为它厚硬的灰翅膀里还有几层薄如蝉翼的翅膀，淡红的，淡绿的，很好看，像一把小折扇。这东西很有意思，你一拍巴掌，它就常常冲你飞来，大概拍巴掌的声音与它飞动的声音太相似了吧？等它飞来，我们就用小褂向上一抛，往往就能捉住它。我们拍巴掌时也常喊："撒大虫，撒大虫，豌豆开花绿豆蝇。"这也算是一首童谣吧？这是一首什么童谣呢？小孩子当然不会明白，只是随便喊喊而已。现在细细捉摸，还真挺有味道。

据母亲讲，我小时候特爱玩儿虫子，甚至是毛毛虫也喜欢。现在想起来是不可思议的，儿子也喜欢昆虫，难道是遗传吗？

我还记得有一种虫子也是我与伙伴们经常玩儿的。这种虫子像臭虫般大小，它喜欢住在向阳处的细细的沙土中，这种虫子很有意思，它见到细沙土就后退，退着退着，便形成一个小圆锥形的小坑，它便隐藏在其中不见了。这小坑特精致，它是怎么弄出来的呢？若想找到这种小虫子也不是太难，见到这种小圆坑，你用小木棍儿从坑底慢慢扒拉，往往就能发现它们。我们常常把它们放到纸盒里带回家，放上细沙土，希望看见那种精致的小坑坑，可往往令我们失望。

蝈蝈和鱼就不用说了，它们常出现在我的文章里。

昆虫里，还有一种被大人们叫做"戏子"的东西，我想他们应是天牛吧，大概是其触角如戏曲演员头上的野鸡翎子吧，大人们说，捉住"戏子"，放到耳边细听，叫声如唱戏呢！我们于是就捉来细听，只是听见有微弱的"嘤嘤"声，这算是唱戏吗？

说来惭愧，我竟不知昆虫的定义是什么，儿子说，有六对足的才是昆虫，我以为爬行的虫子都是昆虫呢！

夏天雨后，我们最爱玩儿的就是"水牛"了，不是真水牛，是天上飞的"水牛"，学名叫什么我也不知道。"水牛"的翅膀如铠甲，玳瑁色，若用它做发夹，一定很漂亮。"水牛"的嘴上的大夹子很厉害，状如牛犄角，捉它时一定要小心。公"水牛"会飞，母"水牛"只会在草丛中爬，胖胖的。我们常把他们捉回来，让母亲给煎着吃，特香。

麻雀可能是农村孩子最常玩的鸟类了，那时我们常登梯子到房檐下掏麻雀，掏麻雀蛋，麻雀挺有意思，几月下几个蛋。我们有时也掏出刚出壳不久的小麻雀，浑身红红的光溜溜的。大人说，玩儿光腚家雀手爱出汗还不会写字。我现在手确实爱出汗，但还是会写字的。

游戏

童年的游戏很多。春天，放风筝，夏天，到小河玩儿水，捉蚂蚱，冬天，打"宝"、跳房子（多为女孩儿所玩儿）、打"棒球"、玩儿冰车。至于过家家、捉迷藏、玩儿打仗等，则是一年四季都不少的。

印象最深的是打"棒球"。我说不出这种游戏叫什么名字，现在想来它与棒球有许多相似之处，因此权且叫他"棒球"吧。具体玩儿法是：

在地上画个圈儿（可大可小），一人拿如擀面杖般的木棒，把一如鸡蛋大小的木球打出（打前问对方：要了吧？对方说要了才可打出。）对方在对面远处接球，接到就算打球者输，接不住，则等球停下后把球往回扔，若扔进圈里，打球者就输了，若扔不进圈里，打球者就可扔棒击球把球打出去，然后用木棒测量球与圈的距离，谁最后得的距离长，谁最终赢。

冬日的黄昏，老鸦也已飞到光秃的树梢上打磕睡，只有我们的木棒击球的"啪啪"声，干脆、响亮。

《新来的小石柱》

《新来的小石柱》是一本儿童文学，作者好像叫石童，是一部长篇小说。讲的是一群搞体操的孩子的故事。

人有时是很奇怪的，一首歌、一幅画、一本书，总能勾起无限的往事，与之相关的那段生活就会历历在目。

大约是７５年吧，父亲调回热水教学，我与母亲及弟弟妹妹还住在于家杖子。有一天晚上，我的背上长的那个小包忽然剧痛起来，父亲当时似乎正与相兰姑姑说着什么，见我大哭不止，父亲还训斥道："小孩子就这么'虚惊'！"后见我痛的翻来覆去，也着了急。第二天一早，父亲上班时便带上我到热水疗养院看病，我已记不清医院的说法，反正大概是说我的情况很糟。父亲这下可慌了，拿不定主意，回到老家汤前村找做"赤脚医生"的叔伯大哥占生。大哥那时干得不错，医道很好，人又厚道，村里人都很信服他。他看了我的病情后，对父亲说："让我试试。"晚上，在奶奶家（四大娘家）的炕上，大哥把一把小剪子用火烧了一烧，然后我由人抓着，大哥拿那剪子把我背上的包挑开了，挤出一大堆的脓血。我痛得厉害，不停地哭，那时爷爷扎大烟，于是便给我

187

扎上一点儿，奇怪，马上就不痛了。

养伤的日子，我白天就在父亲的学校玩儿，父亲带我到书店买了这本《新来的小石柱》。以前我总是买小人书，这是我第一次看长篇小说。那一年我十岁。父亲的办公室里面还有个特别窄小的卧室，我就在那里看书。我生来内向，不太愿与学校的学生们玩儿，等他们上课了，我才敢出来，坐在台阶上看书，或者看着天空发会儿呆，看几只麻雀在操场上飞起飞落。不知那个班在上音乐课，唱《我们是共产主义接班人》，一遍一遍地唱，我都几乎学会了。现在一听到这首歌，我就想起那时的情景。

妹妹

　　当疯了一上午的我满头大汗地跑回家时，发现妹妹正坐在炕上一个人玩儿，我见她嘴巴上粘有一点儿蛋黄儿，上前扳过她的脸来闻闻，果然鸡蛋味，"妈妈，我要吃鸡蛋！""谁吃鸡蛋了？""妹妹吃了！我闻出来了！""就你鼻子尖！"母亲边骂便把妹妹吃剩下的一半儿鸡蛋给了我。

　　这样的情景经常发生。

　　我比妹妹大三岁，妹妹从小就健康，吃什么都香，也胖。只是爱哭，哭时也照吃不误。大概五六岁的时候，有一次父亲赶着拉满谷子的小车，上面坐着的妹妹不小心摔下来，车轱辘从妹妹背上压过去！但只是脸擦破一点儿皮，其余安然无恙。村人都说妹妹捡条命，命真大！

　　妹妹读书时脑瓜笨，读完初中就不念了。好在有一身力气。胆大，吃苦，日子虽清苦，也算过得去，丈夫人老实厚道，女儿健康活泼学习也不错。妹妹去年从始终半死不活的单位退出来，做小买卖，虽然累些，但收入比以前强多了，也自由。妹妹时常到赤峰来进货，由于忙，一般也不到我家来，但总打电话问候我们。和她一块做买卖的人都说，你妹妹可会做生意了，同样的摊位，她的货比谁的都好卖！几天就得到赤峰进次货呢！看妹妹进货时讨价还价精打细算干脆麻利的样子，一点儿也看不出儿时那个爱哭的妹妹的影子了……

春天了

　　春天了，天越来越热了，我干脆脱了小棉袄，换上单衣单裤，母亲把羊角葱搬到猪圈墙上晒太阳，几天工夫，羊角葱就如疯了一般长起来，转眼就是绿绿的一盆儿了。

　　一天中午回家，见舅奶奶正在灶间忙活，见我满头大汗地闯进来，她赶紧拉住我悄悄地说："小声点儿，你妈妈给你生了小弟弟啦！"我又惊又喜还感到有些好玩儿，赶紧跑到里屋，妈妈正眯着眼休息，见我进来，冲我虚弱地笑了一笑。我看到她身边的糠口袋上躺着一个小小的孩子，这就是我的弟弟吗？这一天是农历1976年2月23，我记得很清楚。

　　过了好多天，晚上村里演电影，母亲抱着刚出生不久的弟弟，领着我与妹妹和二弟，电影开演了，坐在母亲身边的接生婆即村里的"老党代表"掀开盖在弟弟头上的头巾问："旺祥吧？"母亲说"谢谢你呀！""旺祥"是什么意思呢？也许是顺利健康的意思吧？

我的兄弟姐妹们

回到了家乡，我也就如同一条孤独的小鱼游入了大海游入了大家族，与众多的兄弟姐妹们快乐地跑来跑去，充分享受着大家庭所特有的血浓于水的亲情。在故乡热水汤前村，老迟家也算是个大家族了，足以与老毕家、老魏家、老李家等相抗衡，但若论血缘关系来看，其他几个大家族均不能与老迟家相提并论，其他几个家族之间也许攀上几辈去还看不出有多大血缘关系，只是一姓而已，而我们，我们这些兄弟姐妹，共有着一个亲奶奶啊！我们这些叔伯兄弟姐妹年龄相仿的就有十多个，我们如鱼一般在村子里游来游去，如野马般在田野里跑来跑去。春天，挖野菜、捋榆钱儿，夏天，下河摸鱼、到水库洗澡、到树林子用弹弓子打鸟，秋天，到果园里偷果子，到田里烧玉米，冬天，可玩儿的就更多了，滑冰车、打雪仗、晚饭后到队里饲养院门前的粪堆上玩打仗，最好玩的是捉迷藏。我们的家离的都不远，每家的角角落落都是藏身的好场所。最好的地方是二大娘家房后的胡同。二大娘在秋天扫回的杨树叶子堆了一胡同，厚厚的软软的，藏在里面既不好找，又不会觉得憋气。有一次，我与长命藏在树叶子里面，恰巧二大娘去收杨树叶子做饭，她几乎一下子摸到了我们，结果吓的"嗷"地一声跑到前院，只喊有鬼。

也许是有在于家杖子的感情，长命长栓与我始终是最好，尤其是刚回来的时候，我们仨是形影不离，和军有时也像跟屁虫似的跟着我们，他是老叔的大儿子，他还有一个妹妹与一个弟弟。那时都太小，只是与我的弟弟与妹妹一起玩，还不能和我们那样"走南闯北"。和军的弟弟与妹妹小时长的又瘦又小，尤其是弟弟爱军，就像个瘦弱的猫似的，那时奶奶还在老叔这边，看着爱军迈着两条比我的胳膊还细的小腿在炕上蹒跚时，奶奶叹息着说："这孩子能养活吗？"和军的弟弟与妹妹都爱流鼻涕，两个孩子擦鼻涕有窍门儿，不用纸不用手，只需到炕头的墙上，探过脸去从左向右轻轻一抹，时间一长，墙上便是上下两条深黄的粗线了。这也成了老叔家的一大"景观"。

和军学习不错，尤嗜读。不论是什么内容，只要是方块字，他都要尽量去看一看，似一块干燥的海绵，贪婪地吸进每一滴水。自我们住进了对面屋之后，他便近水楼台先得月，把我的那一纸箱小人书不知翻看了多少遍。父亲有时看书，和军也凑了过去和父亲一起看，弄的父亲往往不知怎么办，有时干脆就把书推给他让他先看。

父亲爱洁净，搬回来后，见四壁又脏又破，便用从单位拿回的旧报纸把整个墙壁都糊了，整个屋立刻显得亮了不少。没想到这些墙上的报纸成了和军的宝贝，一有时间，便跑到我们屋里看报，炕上、箱子上、柜子上，或坐或跪，或站或躺，随着光线的越来越暗，他的眼睛也离报纸越来越近。只有天花板上的报纸让他"望顶兴叹"了，引为憾事。一天傍晚，他正站在我家的炕上认真地看着，他的母亲，我的老婶儿喊他去打水，叫了几遍也不答腔，母亲说："快去打水吧，明天再看。"他仍是自顾看着，我知道老婶的话他们兄妹向来是不怎么听的。老婶说话声音高，牢骚多，时间常了，孩子也不当回事，任她训斥。老婶见状也只是说声"没法子"了事。见和军还是没动静，老婶子又喊："打水重要呀还是看报纸重要？"和军边看边随口说："看报纸重要！"话音刚落，老叔进屋了："干啥重要？！"和军吓的一伸舌头，跳下炕打水去了。老婶见状摇了摇头："唉，没法子呀！"而爱军又跑到炕头那边的墙上抹了一下鼻涕……